WER IST ES ?

Peter Meyer-Odewald

WER IST ES ?

Kuriose Begebenheiten im Leben berühmter Bremerinnen und Bremer

Carl Schünemann Verlag

Ein Hauch von Hollywood?

Es fing an wie in einem kitschigen Hollywoodfilm. Der Himmel war azurblau, die Oberfläche des Meeres kräuselte sich friedlich. Die 19-jährige Bremer Kapitänstochter stand an der Reling des weißen Kreuzfahrtschiffes »Berlin«, als sich zwei Boote mit etwa 25 oder 30 schwer bewaffneten Soldaten näherten. Zwei Offiziere des Schiffs versuchten, die ungebetenen Gäste mit unwirschen Handbewegungen zu verscheuchen, jedoch vergebens. In diesem Augenblick schaltete sich die Kapitänstochter ein. Um auf sich aufmerksam zu machen, blies sie energisch in ihre Trillerpfeife.

Damit hatte der größte der Soldaten, wohl der Anführer, nicht gerechnet. Er verlor das Gleichgewicht, sein Gewehr rutschte ihm von der Schulter und fiel auf das Deck, seine Mütze landete im Wasser. Die Bremerin musste lachen. Der Anführer sah hoch. Ihre Augen begegneten sich, und es war um beide geschehen.

Mit dem Versprechen, sie zur »Königin des Landes« zu machen, holte der Anführer die Bremerin einige Tage später mit einem Flugzeug ab und quartierte sie in seiner Hauptstadt im Hilton ein. Dort bewohnte sie die hochherrschaftliche Suite 2406.

Verliebt vermerkte sie in ihren Erinnerungen, dass ihr Verehrer ein »großer Junge« geblieben sei, der sich von kleinen Panzern und Spielzeugautos begeistern ließe.

Später sollte er sich als gnadenloser Herrscher erweisen, der gegen eine Weltmacht antrat.

In einem eher inoffiziellen Akt »heiratete« der Diktator die Kapitänstochter und besiegelte die »Ehe« mit einem Goldring und einer Ehrenuniform, dann schwängerte er sie. Das Kind erblickte jedoch nicht das Licht der Welt. In den Erinnerungen der Bremerin, die den Untertitel »Mein Leben, meine Liebe, mein Verrat« tragen, heißt es, dass eine Zwangsabtreibung unter Drogen durchgeführt worden sei. Der Diktator glaubte jedoch an eine medizinisch nicht hinreichend versorgte Frühgeburt und veranlasste die Erschießung des verantwortlichen Arztes. Die Beziehung der Bremerin zum Diktator endete abrupt.

Später suchte die Kapitänstochter ihren früheren Geliebten noch einmal auf, um ihn auf Geheiß des Geheimdienstes zu vergiften, brachte das jedoch nicht über sich. Zu einem weiteren Treffen kam es nicht.

Dieser spektakuläre Lebenswandel war bis zur Fahrt mit der »Berlin« nicht absehbar gewesen. Die Kapitänstochter stammte schließlich aus dem beschaulichen Schwachhausen, wuchs in der Kronprinzenstraße 31 (heute die Richard-Dehmel-Straße) auf, ihr Vater war ein honoriger Kapitän, der unter anderem für den Norddeutschen Lloyd auf der »Bremen« fuhr.

Aber vielleicht kam die Abenteuerlust ja von ihrer Mutter, einer früheren Broadwaytänzerin, die davon träumte, in Frankreich an einem der ersten Tonfilme mitzuwirken – und die später geheimdienstlich tätig wurde, was immer wieder zu Verwicklungen führte.

Nach dem schnellen Ende ihrer »Ehe« kehrte im Leben der Kapitänstochter jedoch keineswegs Ruhe ein. Sie begann eine intime Beziehung zu einem weiteren speziellen Mann, der ebenfalls diktatorisch über ein Land herrschte. Mit ihm bekam sie im Exil eine Tochter namens Monica. Ihrer großen Liebe trauerte sie dennoch zeitlebens nach.

WER IST ES?

Auflösung auf Seite 112

Mona Lisas Bruder?

Er wurde verbrannt und ausgeweidet. Er wurde jahrelang stehend in einem steinernen, mit Sand gefüllten Sarkophag verwahrt. Seinem Zwillingsbruder trieb man in nächster Nähe lustvoll Nägel in den Leib, vornehmlich in die Lenden und ins Herz. Er wurde wie eine Weihnachtsgans mit Inhalt gefüllt – allerdings mit höchst unappetitlichem – und in einer Notoperation wieder von dem Unrat befreit. Man wollte ihn entführen und in Paris beim Louvre an den Pranger stellen oder aber unbarmherzig zerstückeln und seine Überreste auf den Straßen der Stadt verteilen, doch schließlich einigte man sich darauf, ihn nach bremischer Art pfleglich zu behandeln, ihn bis an sein seliges Ende hinter schwedische Gardinen zu stecken, seinen Kopf abzuhacken und diesen zur Schau zu stellen.
Doch was ihm auch geschieht – er lächelt stets gütig und geheimnisvoll wie die Mona Lisa.

Auch harrt er stoisch dem bremischen Schietwetter, obwohl er aus südlichen, sonnenverwöhnten Gefilden stammt, wie es heißt. Nach Expertenmeinung – und wer wollte einer solchen widersprechen? – soll seine Wiege sogar in Afrika liegen, doch er hat seinen Platz in Bremen gefunden, wo er als Freiheitsgarant des stolzen Gemeinwesens gilt. Solange er nicht zu Fall gekommen ist, so die Sage, wird Bremen frei bleiben. Und um das zu sichern, soll ein geklontes Ebenbild in einer geheimen Ecke des

Rathauses bereitstehen, um im Notfall den stolzen Recken mit dem hautengen Wams und dem geheimnisvollen Lächeln zu ersetzen.

Er hat noch unzählige Brüder auf der ganzen Welt, doch keiner bringt so viel Stolz und Würde zum Ausdruck wie er. An jedem fünften November wird sein Geburtstag gefeiert.

WER IST ES?

Auflösung auf Seite 113

Mia san mia?

Wenn sich das in Bayern herumspricht, ist die Volksseele am Kochen. Stammtische werden bersten, Bierzelte platzen. Kaum hat sich bestätigt, dass das erste Reinheitsgebot gar nicht im bayerischen Freistaat, sondern in Thüringen erlassen worden war, müssen die bajuwarischen Liebhaber des faden Gerstensaftes, den sie selbst als »Bier« bezeichnen, auch noch verkraften, dass ihre heimliche Nationalhymne ausgerechnet von einem Bremer verfasst worden ist. Schlimmer geht's nimmer.

Doch der Reihe nach: Vor langer Zeit wohnte in Bremen ein lebenslustiger Mann, der als Handlungsgehilfe beim Wollimporthaus Kulenkampff & Konitzky tätig war. Später wurde er Berichterstatter des Bremer Couriers und Redakteur bei der Weser-Zeitung, bevor er fast achtundzwanzig Jahre als Chefredakteur bei den Bremer Nachrichten wirkte. Zusätzlich versuchte er, seine liberalen Ideen mit Theodor Spitta in der Bürgerschaft durchzusetzen.

Er war ein wahrer Hansdampf in allen Gassen, seine Geselligkeit kannte keine Grenzen – für einen Politiker und Journalisten sicherlich nicht die schlechteste Eigenschaft, für einen sturen Bremer jedoch eher ungewöhnlich. Und als hätten ihn seine Tätigkeiten noch nicht ausgefüllt, betätigte er sich nebenbei als Dichter und Komponist. Dem Zeitgeist entsprechend, verfasste er zahlreiche Heimat-, Wald-, Jagd- und Soldatenlieder, die sich in alten Gesangsbüchern finden, unter anderem solche mit so klangvollen Titeln wie »Lasst der Frauen Lob erschallen« oder »Gott beschütze unsern Kaiser, dem in Treue wir zugewandt«. Zusätzlich vertonte er die inoffizielle Bremer Landeshymne »Der Bremer Schlüssel«, die der Kaufmann und Politiker Hermann Frese kurz zuvor verfasst hatte. Womit wir wieder beim Stamme der Bajuwaren wären, denn auch die dortige heimliche (angeblich urbayerische) Hymne wurde von ihm, dem Urbremer, getextet und komponiert.

Kein Lied wird bis zum heutigen Tage häufiger in schummerigen Münchener Kneipen und Bierzelten von Maderln im feschen Dirndl und Buam in blankgewetzten Krachledernen gegröhlt als »Ein Prosit, ein Prosit der Gemütlichkeit«. Enthalten ist dieser Ohrwurm in dem Lied »Ach wie schön ist doch das Leben«, dessen erste Strophe lautet: »Ach wie schön ist doch das Leben, wenn es schmückt Gemütlichkeit. Lasst die Stimmen uns erheben, dass man hört es weit und breit. Mit Sing und Sang, mit Kling und Klang: Ein Prosit der Gemütlichkeit! Ein Prosit, ein Prosit der Gemütlichkeit.«

Doch der gesamte Text würde die durstigen Seelen überfordern, sodass nur wenigen Zeilen erklingen: »Ein Prosit, ein Prosit der Gemütlichkeit. Ein Prosit, ein Prosit der Gemütlichkeit! Schenkt ein, trinkt aus, Schenkt ein, trinkt aus!« Und darauf stößt man dann am besten mit dem guten bremischen Bier an.

WER IST ES?

Auflösung auf Seite 114

Ein kühles Blondes und eine rote Badehose?

Als er nach München kam, schwenkten Studenten rote Badehosen ... Und natürlich wusste er, dass das die reine Häme war. Warum nur hatte er sich Jahre zuvor auf die Zusage eines Journalisten verlassen, dass dieser das Foto, auf dem er mit einer schlecht sitzenden Badehose zu sehen war, unter Verschluss halten würde? Ausgerechnet am Tage seiner Vereidigung war es nun auf der Titelseite einer Berliner Zeitung veröffentlicht worden. Der Skandal war perfekt.

Auch andere politische Widersacher überzogen ihn mit Hohn und Spott und trachteten danach, damit auch die junge Republik zu treffen. Zwar bemühten sie dafür keine Badebekleidung, dennoch trafen sie bei ihm einen Nerv. Mal ritten sie auf seiner kleinbürgerlichen Herkunft herum, gerne zogen sie auch über seine mangelnde Bildung und den von ihm selbst verschwiegenen Umstand, dass er in Bremen eine Schankwirtschaft betrieben hatte, her.

So meldete sich auch ein gewisser Adolf Hitler zu Wort und giftete in seinem Buch »Mein Kampf«: »Solange zum Beispiel die geschichtliche Erinnerung an Friedrich den Großen nicht erstorben ist, vermag [er] nur bedingtes Erstaunen hervorzurufen. Der Held von Sanssouci verhält sich zum ehemaligen Bremenser Kneipenwirt ungefähr wie die Sonne zum Mond; erst wenn die Strahlen der Sonne verlöschen, vermag der Mond zu glänzen.«

Und tatsächlich, sein Leben war zunächst unstet verlaufen, es war nicht zu erwarten gewesen, dass er es beruflich einmal so weit bringen würde.

Nach der Volksschule erlernte er das Handwerk des Sattlers, ohne jedoch die Gesellenprüfung abzulegen. Dann begab er sich auf Wanderschaft, war zeitweise arbeitslos, schlug sich als selbstständiger Handwerker und Gelegenheitsarbeiter durch. Später landete er in Bremen, wo er als Redakteur der »Bremer Bürger-Zeitung« sowie als Kneipier in der Bremer Neustadt arbeitete, bevor er die Stadt nach vierzehn Jahren wieder verließ, um in Berlin Karriere zu machen.

Seine »Bremenser« Schankwirtschaft befand sich an der Ecke Brautstraße/Westerstraße und trug den Namen »Zur Guten Hilfe« – und der Name war Programm. Während in der unteren Etage das Bier durch durstige Kehlen rann, bot er in den oberen Räumlichkeiten kostenlos soziale und rechtliche Beratung an und traf sich mit Gleichgesinnten, um politische Aktionen vorzubereiten oder sich auszutauschen. Zusätzlich engagierte er sich in der Bremer Bürgerschaft, zuletzt sogar als Fraktionsvorsitzender.

Es heißt, er habe die Kneipe nur mit Widerwillen geführt, doch immerhin warf sie so viel ab, dass er endlich Louise Rump, eine Etikettenkleberin aus einer Tabakfabrik, heiraten und eine Familie gründen konnte.

Die Eheleute hatten fünf Kinder, vier Söhne und eine Tochter. Zwei der Söhne fielen 1917 im Ersten Weltkrieg, die anderen beiden wandelten auf den Spuren ihres Vaters.

Die Tochter Amalie starb bereits mit 31 Jahren an einem Leber- und Gallenleiden.

Ihn selbst erwischte es mit gerade einmal 54 Jahren nach einer verschleppten Blinddarmentzündung. Doch er ist unvergessen: Münzen sind ihm zu Ehren geprägt worden. Zahlreiche Straßen und Plätze tragen seinen Namen, ebenso eine Stiftung.

WER IST ES?

Auflösung auf Seite 115

Auf der Herrentoilette?

Sie stand ihren Mann und daher war es auch nur konsequent, dass sie die Herrentoilette in der Alten Börse benutzte, wenn ihr danach war. Frauen hatten in diesem Gebäude, das dem jetzigen Bürgerschaftsgebäude Platz machen musste, eigentlich nichts zu suchen. Dennoch fand sich keiner, der es wagte, sie in ihre Schranken zu verweisen. Also breitete sie bei Bedarf ihre drei Röcke aus und legte los. Als ihr dabei einmal ein Furz entfuhr, polterte sie los: »Ji Mannslüüd hebbt dat goot, ji köönt den Rest eenfach afschüddeln. Wi Fruunslüüd mööt em wegpuusten.« (»Ihr Männer habt es gut, ihr könnt den Rest einfach abschütteln. Wir Frauen müssen den wegpusten.«) Für solche Sprüche war sie bekannt.

Auch wenn es um andere Geschäfte ging, setzte sie sich durch. Sie konnte nichts erschüttern, zumal sie durch die Erziehung ihrer siebzehn Kinder für das Leben gestählt war. Es heißt, sie sei eine knallharte Geschäftsfrau gewesen, doch sie war auch fair und reell. Wenn sie Geschäfte mit einem Handschlag besiegelte, hielt sie sich daran, geradeso wie es sich für eine Bremer Kauffrau gehört. Außerdem zahlte sie pünktlich. Dafür mochte man sie.

Sie entstammte einer alten Fischhändlerfamilie aus der Neustadt und führte die Familientradition engagiert fort. Unter anderem wohnte sie in der Großen Annenstraße 96 und am Neustadtsbahnhof. Ständig war sie bestrebt, an frische Ware zu gelangen und die Konkurrenz auszustechen. So fuhr sie den Fischkuttern bereits frühmorgens auf der Weser entgegen, um sich die besten Fische zu sichern. Das sprach sich bei der Kundschaft schnell rum, sorgte bei der Konkurrenz jedoch für böses Blut, vor allem dann, wenn sie gleich den gesamten Warenbestand aufkaufte, um ihn zu einem entsprechend höheren Preis an sie weiterzuverkaufen. Es war wie verhext. Gleich, wie es die Konkurrenten auch anstellten: Stets war sie schon vor ihnen da. Ihr Kommentar dazu: »Klook sünd se all, aver plietsch mutt een sien.« (»Klug sind sie alle, aber man muss ein bisschen plietsch sein.«)

Ihre Ware bot sie auf dem Bremer Marktplatz an und wehe, wehe, ihr kam jemand in die Quere. Dann wurde sie fuchsteufelswild und verstand es, ihrer Position nicht nur verbal Ausdruck zu verleihen, notfalls unter Verwendung ihrer Ware als Schlagwerkzeug. Nachdem sie eine Widersacherin mit einem Helgoländer Schellfisch verprügelt hatte, musste sie sich sogar vor Gericht verantworten. Natürlich machte ihr der Richter Vorhaltungen, wie es der Bremer Schriftsteller Karl Lerbs wunderbar schildert, weil die Geschädigte von der Attacke Verletzungen im Gesicht davongetragen hatte. Warum sie sie nicht stattdessen mit scharfen Worten angegangen sei, war sie vom Richter gefragt worden, woraufhin sie erwidert habe: »Och, Herr Richter, geradezu beleidigen wollte ich ihr dscha nu auch wieder nich.«

Obwohl sie äußerst geschäftstüchtig war, muss sie ein großes Herz gehabt haben. Sie unterstützte, ohne davon Aufhebens zu machen, Personen, denen es wirtschaftlich schlechter ging und sponserte sogar einen Fußballverein, den »FC Stern Bremen«. Damit dürfte sie deutschlandweit die wohl erste Frau gewesen sein, die als Vereinssponsorin in Erscheinung getreten ist.

Sie war stadtbekannt und, von der Konkurrenz abgesehen, bei den Bremern äußerst beliebt. Als sie mit 71 Jahren starb, begleitete sogar eine Musikkapelle den Trauermarsch. Der Friedhof im Buntentor konnte die Trauergemeinde nicht fassen, sodass er abgesperrt werden musste. Bis heute ist sie unvergessen.

WER IST ES?

Auflösung auf Seite 116

Baka Morena?

Mit seiner langen Mähne hätte er jedem 68er die Show stehlen können, doch mit speckigen Jeans und Straßenkämpfen hatte er nichts im Sinn. Spätestens, nachdem ihm in der St. Martini-Kirche zu Bremen die Augen geöffnet worden waren, war er nicht mehr von dieser Welt. Außerdem sollte es noch 200 Jahre dauern, bis Levi Strauss die erste Jeans erfand.

Sein Vater war Lehrer und auch seine Mutter, eine geborene Knipping, entstammte einer Bremer Lehrerfamilie. Nach dem frühen Tod seines Vaters, er war gerade einmal sechzehn Jahre alt, studierte er eher leidenschaftslos neun Semester Theologie am »Gymnasium Illustre«, der damaligen Bremer Hochschule. Das sollte sich abrupt ändern, als er in der St. Martini-Kirche eine Predigt von Theodor Undereyck hörte.

Beruflich brachte er es nicht weit. Er wurde nicht einmal ordiniert und kam über eine Anstellung als Hauslehrer und Hilfsprediger nicht hinaus. Allerdings machte er sich aus Karriere und weltlichen Gütern auch nichts und kam, nachdem er einige Jahre außerhalb Bremens gelebt und gewirkt hatte, wieder in seine Geburtsstadt zurück, obwohl er sich dabei finanziell sogar noch verschlechterte. Doch das war es ihm wert.

Nach zwischenzeitlichen Aufenthalten in Heidelberg und Frankfurt am Main wurde er vor seiner Rückkehr nach Bremen in Düsseldorf in einer reformierten Gemeinde Rektor der Lateinschule und Hilfsprediger. Dort bekam er jedoch wegen seiner pietistischen Einstellung zunehmend Probleme. Auf wenig Gegenliebe stieß etwa seine Aufforderung, dem öffentlichen Gottesdienst fernzubleiben und stattdessen seine Hauskreise zu besuchen, weil ihm die liberale theologische Ausrichtung in der Gemeinde nicht passte. Auch gefiel es dem dortigen Prediger Sylvester Lürsen, der gleichfalls aus Bremen stammte, so gar nicht, dass er nicht einmal mehr am Abendmahl teilnahm, weil ihn die Anwesenheit »Unwürdiger« störte. Um in Ruhe arbeiten und Gottesdienste nach seiner Vorstellung abhalten zu können, zog er sich immer häufiger in eine idyllische Schlucht bei Mettmann zurück und fand dort in einer später nach ihm benannten Höhle Unterschlupf. In ihr soll er zahlreiche Kirchenlieder geschrieben und komponiert haben.

Nachdem er nach Bremen zurückgekehrt war, durfte er an der St. Martini-Gemeinde unter Pastor primarius Theodor Undereyck als Hilfsprediger wirken. Dort wurde ihm auch ein Zimmer im Anbau gestellt, das er als Junggeselle bis zu seinem nahen Tode bewohnte. Er nutzte die ihm verbliebene Zeit, seine Kirchenlieder zusammenzustellen und in Bremen zu veröffentlichen. Ein Jahr nach seiner Rückkehr war er tot. Eine tückische Krankheit, wohl die Pest, raffte ihn mit gerade einmal 29 oder 30 Jahren dahin. Genaueres ist nicht bekannt. Man weiß nicht einmal, wann er genau geboren wurde und wo er seine letzte Ruhe fand. Seine Musik ist jedoch bis heute in aller Munde. Vor allem ein Lied ist es, das seinen Ruhm begründet hat. Es ist in zahlreiche Sprachen übersetzt worden. Auf Tswana

(Afrika) fängt es etwa mit den melodiösen Worten »Baka Morena, Ké kgosi ya tlotlo le thata« an. Seit 1797 spielt das Glockenspiel der Potsdamer Garnisonkirche die eingängige Melodie zu jeder vollen Stunde, doch auch in Bremen ist sie zu hören und wird vom Geläut der altehrwürdigen St. Martini-Kirche noch fast 350 Jahre nach dem Tode des so jung verstorbenen Bremers stimmungsvoll über die Weser getragen. Seine Bekanntheit ist jedoch noch einem anderen Umstand zu verdanken, der mit seinen Aufenthalten in der Schlucht bei Mettmann und morschen Knochen zusammenhängt.

WER IST ES?

Auflösung auf Seite 117

Im Kugelhagel?

Die Feierlichkeiten zum 25. Thronjubiläum Wilhelms II. waren in vollem Gange, als die Nachricht aus Bremen wie eine Bombe einschlug. Zeitungen aus aller Welt berichteten über das Ungeheuerliche und gaben Extraausgaben heraus. Sogar in der »New York Times« erschien ein Augenzeugenbericht. Dabei war die Polizei vorgewarnt, weil es zwei Waffenhändlern verdächtig vorgekommen war, dass sich jemand mit mehreren Revolvern der Marke Browning und fast 1.000 Schuss Munition eingedeckt hatte. Außerdem war die Mutter des Gesuchten eigens nach Bremen gekommen, um ihren Sohn in eine Nervenheilanstalt einweisen zu lassen. Doch keiner meinte, einschreiten zu müssen. Nur so war es möglich, dass der 29 Jahre alte arbeitslose Lehrer am 20. Juni 1913, einem Freitag, gegen 11 Uhr schwer bewaffnet die katholische St.-Marien-Schule in Bremen-Walle stürmte und das Feuer eröffnete.

Fast fünfzehn Minuten lang schoss er wild um sich. Zwei kleine Mädchen, Maria Anna Rychlik und Elsa Maria Herrmann, wurden gleich am Anfang tödlich getroffen, ein anderes Mädchen, Sophie Gornisiewicz, brach sich auf der Flucht vor ihm das Genick. Schülerinnen, die schreiend in ihre Klassenräume rannten, wurden von ihm verfolgt. Viele brachen blutüberströmt zusammen, einigen gelang es jedoch, sich in einem Klassenraum zu verbarrikadieren.

Während er versuchte, die Tür aufzubrechen, wurde er vom herbeigeeilten Hausmeister angegriffen, der ihn jedoch nicht niederringen konnte, sondern ohnmächtig zusammenbrach, als eine Kugel seine Kinnlade durchschlug und an der Wange wieder austrat.

Der Gesuchte ließ daraufhin von dem Klassenraum ab und schoss stattdessen von einem Treppenhausfenster aus auf Jungen, die in Panik über den Schulhof flohen. Fünf von ihnen traf er. Mit einer weiteren Kugel verletzte er einen Dachdecker, der in der Nähe arbeitete und rannte in die nächste Etage.

Dort stellte sich ihm der 24-jährige Lehrer Hubert Möllmann in den Weg. Dieser wurde in die Brust getroffen, konnte sich jedoch noch auf den Täter stürzen, bis er nach einem weiteren Schuss in den Unterleib die Besinnung verlor.

Unterdessen waren besorgte Eltern hinzugekommen, die verzweifelt versuchten, den Attentäter niederzuringen. Einem Fuhrmann gelang es schließlich, ihn mit einer Heugabel niederzuschlagen. Anschließend hatte die Polizei alle Hände voll zu tun, die aufgebrachte Menge davon abzuhalten, Lynchjustiz zu üben.

Fünf kleine Mädchen im Alter von sieben bis acht Jahren kamen bei diesem Massaker zu Tode, achtzehn weitere Kinder sowie fünf Erwachsene wurden teils lebensgefährlich verletzt. Der erste dokumentierte Schulamoklauf der Geschichte fand – durchaus überraschend – ausgerechnet in Bremen statt.

Die Anteilnahme der Bremer Bevölkerung war außerordentlich. Ein altes Foto zeigt einen Trauerzug, wie es ihn in Bremen zuvor wahrscheinlich noch nie gegeben hatte.

Obwohl der Amokläufer jede Aussage verweigerte, bestätigte sich die Behauptung seiner Mutter, dass er geistig verwirrt war. Er kam in die »Irrenanstalt« Ellen.

WER IST ES?

Auflösung auf Seite 118

Die Spende des Totenladens?

Warum gerade sie? Ständig lauerten ihr Kinder in der Neustadt auf, um sie zu ärgern. Findig, wie sie war, stellte sie einen Eimer mit einer Schöpfkelle neben sich und wehrte die Angriffe mit einem Schwall Wasser ab. Als das nichts mehr half, appellierte sie in der Zeitung für mehr Rücksichtnahme und bat um Hilfe vor diesen Unholden.

Nein, sie hatte es nicht leicht. Nachdem ihr Mann, den sie über alles geliebt hatte, nach langer Krankheit früh verstorben war, waren die Ersparnisse aufgezehrt. Sie musste sehen, wie sie mit ihren fünf minderjährigen Kindern über die Runden kam. Es reichte jedoch vorne und hinten nicht, zumal es noch keine Hinterbliebenenversorgung gab, sodass sie in ihrer Not die vier älteren Kinder ins Waisenhaus geben musste. Ihr jüngstes Kind, einen zweijährigen Sohn, behielt sie bei sich. Tagein, tagaus spannte sie sich selbst vor einen Handwagen und zog ihn durch die Neustadt, um Grünzeug zu verkaufen. Natürlich gab es Abnehmer, doch der Erlös reichte bei Weitem nicht aus, den Lebensbedarf zu decken.

»Immer weiter, Gott hilft weiter«, war ihre Devise – und so war es eines Tages, als sie wieder einmal weder ein noch aus wusste, tatsächlich: Ein Arbeiter tauchte vor ihrem

Haus in der Schützenstraße 17, einer früheren Abzweigung von der Großen Sortillienstraße, auf und übergab ihr einen großen, kräftigen Hund namens Sultan, passendes Geschirr und einen Wagen. Er stellte wortlos die Gemüsekörbe auf das Gefährt und empfahl sich, ohne den Namen des Spenders verraten zu haben. Sie hat ihn bis zu ihrem Tod nicht erfahren.

Als Besitzerin des ersten Hundegespanns in Bremen erregte sie viel Aufsehen. Die Kinder in der Neustadt zeigten sich begeistert und die Hausfrauen wurden auf das seltsame Gespann aufmerksam, sodass sie ihre Ware schnell verkaufte. Wenn ihre Kinder sonntags zu Besuch kamen, gab es sogar Kuchen. Die Schlachter in der Stadt sorgten für das Futter des Hundes, sodass sich alles gut gefügt hatte.

Nach fünf oder sechs gemeinsamen Jahren starb Sultan jedoch. Damit stand sie wieder vor dem Nichts. Und wieder fügte sich das Schicksal: Das nächste Pfingstfest war völlig verregnet und der Betriebsausflug des »Totenladens«, einer Art Sterbegeldversicherung, fiel damit ins Wasser. Einer der Beteiligten, ein Küper namens Anton Spohler, schlug vor, ihr vom Ausflugsgeld einen Esel zu schenken. So geschah es dann auch und zu Ehren Spohlers, der die glorreiche Idee gehabt hatte, gab sie dem Esel den Namen Anton.

Dreißig Jahre sah man sie fortan mit einem Eselskarren bei Wind und Wetter ihr Grünzeug feilbieten und die garstigen Kinder, die das treue Tier neckten, mit einer Kelle Wasser vertreiben. Fast jeder in Bremen kannte sie und die Achtung vor der fleißigen Frau, die sich nicht unterkriegen ließ, war beachtlich. Schließlich durfte Esel Anton sogar als Komparse im zweiten Akt der Oper »Der Bajazzo« von

Leoncavallo im Staatstheater am Wall auftreten, wofür sie eine anständige Gage erhielt. Dass sie mit ihrem Esel einmal sogar während der Aufführung über die Bühne huschte, weil sie sich verspätet hatte, steigerte ihre Popularität noch. Für solche Einlagen waren Menschen schon immer empfänglich.

Allmählich schwanden jedoch ihre Kräfte. Der Tod ihres jüngsten Sohnes, der als Zimmerpolier beim Bau des Städtischen Museums, des heutigen Überseemuseums, vom Gerüst fiel, setzte ihr zu. Wenig später, sie war bereits achtzig Jahre alt, stieß ihr Eselskarren auch noch auf der Kaiserstraße, der heutigen Bürgermeister-Smidt-Straße, mit einer Straßenbahn zusammen. Aufgrund ihrer Verletzungen musste sie das Bett hüten und es heißt, ihr Esel Anton habe so lange aus Leibeskräften geschrien, bis er an ihr Bett geführt wurde.

Nach ihrer Genesung zog sie zu ihrer Tochter nach Delmenhorst, wo sie noch neun Jahre lebte. Fünf Tage vor ihrem neunzigsten Geburtstag starb sie. In den Bremer Nachrichten war am 19. Dezember 1905 als Nachruf zu lesen: »Sie ruht aus von einem Leben voll harter Arbeit.«

WER IST ES?

Auflösung auf Seite 119

Nackt auf Sylt?

Die Familie seines Vaters war in Bremen-Sebaldsbrück verschrien. Elf Geschwister hatte dieser, davon neun Brüder, die sich als Sportboxer Respekt verschafften. Keiner wollte es sich mit ihnen verderben. Es kam bisweilen vor, dass sie die Kneipen der Umgebung durch die Vordertür betraten, sich ein Bier hinter die Binde gossen und heimlich durch die Hintertür verschwanden. Das war für sie ein großer Spaß, für die Wirte weniger.

Der hier Gesuchte wuchs hingegen »nur« mit fünf Geschwistern auf. Die Verhältnisse waren bescheiden, aber liebevoll. Seine Kindheit soll glücklich gewesen sein, es wurde viel gelacht und Unsinn verzapft, weshalb er später davon sprach, in einer »Komikerfamilie« groß geworden zu sein. Noch Jahrzehnte später schwärmte er von den vielen Unternehmungen in Bremen, vor allem vom Schwimmen in der Weser und dem gemeinsamen Musizieren.

Obwohl Bremen im Krieg zu großen Teilen zerstört worden war, war sein Elternhaus in der Helmholtzstraße 33 weitestgehend unbeschädigt geblieben. Sein großer Bruder fiel jedoch im Krieg; für ihn endete damit die Kindheit.

Nach dem Krieg war es der Bremer Bevölkerung strengstens untersagt, das Haus bei Dunkelheit zu verlassen. Doch die Aussicht auf einen knusprigen Schweinebraten war in dieser kargen Zeit zu verlockend. Also fuhr sein Vater eines Nachts nach dem Besuch bei einem Bauern mit einem unbeleuchteten Fahrrad nach Sebaldsbrück zurück, während in seinem Rucksack ein Ferkel ununterbrochen grunzte. Zu Hause wurde das arme Tier in der Waschküche geschlachtet. Nur eine Episode, aber doch eine bezeichnende. Denn das Festmahl wäre nicht denkbar gewesen ohne die Gagen, die er als Musiker in den amerikanischen Clubs bekam – obwohl er erst sechzehn Jahre alt war. Entlohnt wurde er von den US-Soldaten mit Schokolade und Zigaretten, der heimlichen Währung der Nachkriegszeit.

Durch Zufall entdeckte er 1945 am Bremer Bahnhof ein Pappschild mit der Aufschrift »Musiker gesucht«. Unterzeichnet war es von einem gewissen Hans-Günther Oesterreich, der als Begründer von Radio Bremen gilt. In dessen »Büro«, einem Schreibtisch unter einem Obstbaum in einem kleinen Garten, wurde er als Bassist engagiert und durfte beim Beginn des Sendebetriebs am 23. Dezember 1945 mitwirken. Anschließend begann eine Weltkarriere, die ihresgleichen sucht.

Zu seinem Glück gesellte sich noch eine Bremerin namens Waltraud, mit der er, trotz diverser anderweitiger Amouren, von 1955 bis zu ihrem Tode im Jahr 1997 verheiratet war und zwei Kinder hatte. Finanziell ging es steil bergauf, sodass Geld schließlich keine Rolle mehr spielte. Trotzdem verlebte er seinen Urlaub als FKK-Liebhaber weiterhin auf einem Campingplatz auf Sylt und befeuerte die Party am Strand mit seiner Musik. Doch dann kam es zu einem schrecklichen Unfall: Es war das Jahr 1970, als er mit seiner Frau aus einer Laune heraus nach Düsseldorf fuhr, um sich einen Luxuswagen zu kaufen. Die Wahl fiel auf einen Iso Rivolta Fidia, eine Rakete auf vier Rädern. Auf der ersten Inspektionsfahrt geschah es dann. Seine Frau, die das Fahrzeug alleine fuhr, wurde abgedrängt, durchbrach die Leitplanke, wurde aus dem Auto geschleudert, von diesem anschließend überrollt und vom glühenden Auspuff schwer verbrannt. Sie überlebte nur knapp und konnte das Krankenhaus erst sechs Monate später verlassen. Anschließend mochte sie sich wegen ihrer Brandnarben nicht mehr nackt zeigen, sodass der Sylt-Urlaub fortan gestrichen war.

Seine Musik war weltweit gefragt und erwirtschaftete ein beachtliches Vermögen, ohne dass er jedoch reich davon wurde. Da er sich selbst als miserablen Kaufmann sah, vertraute er es Anlageberatern an, die es angeblich in Baumwollfelder, Weingüter und Ölbohrtürme investierten. Bei einer Besichtigungstour musste er jedoch feststellen, dass er das Opfer von Betrügern geworden war. Die Anlageprojekte existierten oft gar nicht oder gehörten anderen, sodass er sich wegen ungerechtfertigter Steuervorteile horrenden Forderungen ausgesetzt sah. Erst kurz vor seinem 70. Geburtstag hatte er die Schulden beglichen. Hinzu kamen Ehe- und Alkoholprobleme. Trotzdem fing er sich immer wieder.

Am 9. Juni 2015 starb er in Florida mit 86 Jahren an Organversagen. Der Gesuchte war ein echter »Bremer Jung« und blieb seiner Heimatstadt als Butenbremer sein Leben lang verbunden. Bis zuletzt galt er als bodenständig und freundlich im Umgang mit Menschen. Die Abdrücke seiner Hände sind in der Bremer Lloyd-Passage zu sehen.

WER IST ES?

Auflösung auf Seite 120

Grauer Nebel?

Er steht gewissermaßen in einer Reihe mit ganz großen Namen: Andrea Bocelli, Jorge Luis Borges, Ray Charles, Homer oder auch Stevie Wonder.

Er war jung und voller Pläne. Die Schulzeit war vorbei, die Zukunft winkte, ihm gehörte die Welt. Er hatte eine Lehre in einer Bremer Wollexportfirma begonnen und verdiente nebenbei noch etwas Geld bei einem Buchhändler. In jeder freien Minute trieb er Sport. Zu den besonderen Freuden gehörte auch die Teilnahme an auswärtigen Kreis- und Wettturnfesten. Doch dann schlug das Schicksal genau dort unerbittlich zu. »Der Vorhang zum Lichttheater des Lebens« fiel, wie er es selbst in seinen »Autobiografischen Schriften« ausdrückte, beinahe von heute auf morgen. Er war 20 Jahre alt und nahm gerade am Kreisturnfest in Jever teil, wo er den Sonnenschein und die feierliche Stimmung genoss, als auf einmal ein unheimlicher Schleier vor seinen Augen lag, der sich in den Tagen danach zu einem grauen Nebel verdichtete. Eine Sehnerventzündung wurde diagnostiziert, wenig später war er blind. Ein Schock.

»Ziellos, planlos, zwecklos« hockte er, wie er später schilderte, in Bremen im Haus seiner Eltern hinter dem Weserdeich und dachte an Selbstmord. Doch er war, wie es in der autobiografischen Schrift »Dreißig Jahre im grauen Nebel« heißt, zu feige dazu, diesen finalen Schritt zu wagen. So überlebte er die schwärzeste Phase seines Lebens, bevor er sich mit der Erblindung arrangierte und doch noch ein glücklicher Mensch wurde. Dabei half ihm vor allem die Arbeit. Sie war für ihn eine »Trösterin«, eine »Retterin in der Not«. Zuerst versuchte er es mit Musik, doch diese wurde von seiner Umwelt als Krach empfunden, sodass er sich auf den Handel mit Streichhölzern, Tabak und Seife verlegte. Dann besuchte er auf Betreiben eines Stadtmissionars eine christliche Blindenlehranstalt, in der er nicht nur die Stuhl- und Korbflechterei erlernte, sondern auch das Lesen und Schreiben in Blindenschrift.

Dann lernte er eine liebe Frau kennen, mit der er fünf gesunde Kinder hatte. Um sie zu ernähren, arbeitete er bis zum Umfallen als Korbflechter. Er stellte mehr als zehntausend Kohlenkörbe her. Dabei erzählte er seinen Kindern Geschichten aus seiner Jugend, bis die Älteste auf die Idee kam, diese zu Papier zu bringen. So wurde er Schriftsteller.

Im Selbstverlag druckte er das erste Buch und nach einer wohlwollenden Besprechung durch Prof. Noltenius in den Bremer Nachrichten verkaufte es sich gut. Weitere Bücher erschienen, doch der ganz große Erfolg stellte sich erst mit einem Entwicklungsroman ein, der es ihm erlaubte, seine Arbeit als Korbflechter zu beenden und sich ganz der Schriftstellerei zu widmen. Seine Bücher werden noch heute verkauft. Straßen in der Bremer Neustadt, in Delmenhorst und in Lilienthal tragen seinen Namen. Eine Plastik im Schnoor erinnert an ihn.

WER IST ES?

Auflösung auf Seite 121

Der Widerspenstigen Zähmung?

Jeder kennt sie, doch keiner kennt sie. Sie ist nach ihr benannt, doch sie dient nicht ihrer Ehre.

2.165 Unterschriften wurden für und gegen sie gesammelt, doch der Erfolg blieb aus.

Keiner will sie je besucht haben, doch ständig herrscht bei ihr lebhafter Verkehr.

Wer bei ihr wohnte, durfte einst weder den Bürgerpark noch die Wallanlagen besuchen und auch Theater und Museen waren tabu.

Das Halten von Hunden und Katzen war untersagt. Nicht von ihr, doch bei ihr.

WER IST ES?

Auflösung auf Seite 122

Der Hindenburg der Küche?

Wehe, wehe, sie kam zu spät zum Essen. Dann konnte ihr Vater, einer der Mitbegründer des Norddeutschen Lloyds, so richtig grantig werden, dann hatte sie die Mahlzeit im Stehen einzunehmen. Pünktlichkeit, Höflichkeit und Fleiß gehörten für ihn zu den unverzichtbaren Voraussetzungen des Erfolges und sie sollte sich ein Leben lang daran halten.

Sie engagierte sich für die Rechte der Frauen, noch bevor das in den gehobenen Kreisen überhaupt ein Thema war. Ihre Ziele verfolgte sie dabei keinesfalls mit Fanatismus. Vielmehr blieb sie stets »ganz Dame« und bestach durch ihren Pragmatismus und ihren Charme. Sie konnte oder wollte ihre großbürgerliche Bremer Herkunft nicht verleugnen, ein Leben lang.

Bereits mit achtzehn Jahren heiratete sie einen Berliner Chemiefabrikanten, mit dem sie fünf Kinder hatte, vier Söhne und eine Tochter. Nur wenige Wochen nach der Hochzeit starb ihr geliebter Vater. Ihr Mann wurde wenige Jahre später Opfer einer Typhus-Erkrankung. Obwohl das jüngste der Kinder bei seinem Tod gerade einmal zwei Jahre alt war, leitete sie neben der Erziehung noch sieben Jahre das Unternehmen. Dafür richtete sie im Gartensaal ihres Hauses einen Hort ein, um nicht nur ihre Kinder, sondern auch die der Industriearbeiter gemeinsam betreuen zu lassen – ein für damalige Verhältnisse spektakulärer Vorgang.

Danach gründete oder förderte sie mehr als zwanzig weitere Einrichtungen, um vor allem Frauen in ihrer oft schwierigen Lage zu unterstützen, zum Beispiel mit Sonderkindergärten und Schullandheimen, die sie nach der Pädagogik Pestalozzis und Fröbels aufbaute. Sie schuf die erste Koch- und Haushaltungsschule und die erste Gartenbauschule für Frauen und rief Ausstellungen und Kongresse ins Leben, unter anderem die Ausstellung »Die Frau in Haus und Beruf« und den »Internationalen Frauenkongress« in Berlin. Als die Ernährungssituation der Deutschen während des Ersten Weltkrieges immer dramatischer wurde, organisierte sie Massenspeisungen und verteilte kostenlos ein von ihr geschriebenes Kochbuch, in dem es um sparsames Kochen ging, was ihr den Ruf einbrachte, »der Hindenburg der Küche« zu sein.

Später gründete sie mit anderen Frauen den »Lyceum-Club Berlin«, den ersten internationalen Frauenclub in Deutschland mit einem Partnerclub in London, sowie den »Deutschen Hausfrauen-Bund«.

Für die gebürtige Bremerin war der unermüdliche Einsatz für die Benachteiligten der Gesellschaft eine Lebensaufgabe. Politisch gehörte sie eher zum linken Flügel der nationalliberalen Deutschen Volkspartei, deren Gründungsvorsitzender Gustav Stresemann war. Sie erfuhr zahlreiche Ehrungen, sogar die Ehrendoktorwürde der Universität Berlin wurde ihr zuerkannt. Straßen, unter anderem in Oldenburg, Bremen und Berlin, wurden nach ihr benannt, Gedenktafeln feierlich enthüllt. Schulen in Frankfurt am Main und in Hannover trugen ihren Namen.

Doch dann wurde bekannt, dass sie sich im hohen Alter, wie so viele, von Hitler verführen ließ. Er war für sie die

Rettung, »der getreue Eckehart des Volkes«, der Garant dafür, dass »das Ich zum Du« werden würde. Sie wandte sich gegen die »koloniale Schuldlüge«, gegen »Negeruniversitäten« und die »Verkafferung« in den deutschen Kolonien, der nur dadurch begegnet werden könne, dass »geeignetes Mädchenmaterial« den Kolonisten zugeführt werden würde. Es war, kurz gesagt, starker Tobak, was Historiker herausfanden.

In Oldenburg kam es 2015 zu hitzigen Diskussionen im Stadtrat, ob eine nach ihr benannte Straße einen anderen Namen erhalten solle. Die Sitzung wurde mehrfach unterbrochen. Sogar Polizeischutz war erforderlich. Dann stand das Ergebnis fest: 32 Abgeordnete sprachen sich für eine Umbenennung aus – die Mehrheit. Andere Städte entschieden genauso. Die nach ihr benannten Schulen in Hannover und Frankfurt am Main bekamen andere Namen. Bremen beschritt einen anderen Weg. Dem Wunsch der Anwohner entsprechend, behielt die nach ihr benannte Straße im Stadtteil Schwachhausen ihren Namen. Im Januar 2018 wurden die Straßenschilder jedoch mit einem Zusatz versehen, um auf die Verwicklungen der eigentlich so verdienstvollen Frau hinzuweisen und der Nachwelt die Möglichkeit zu geben, aus den Fehlern der Vergangenheit zu lernen.

WER IST ES?

Auflösung auf Seite 123

Ein dicker, roter Hals?

An einem heißen Sommertag, es war der 4. Juni 1945, wurde Bremen von einer gewaltigen Explosion erschüttert. Beim Verladen beschlagnahmter Handgranaten und Panzerfäuste kam es im Innenhof des damaligen Polizeihauses in der Straße Am Wall zu einer Detonation, durch die große Teile des Mitteltraktes zerstört wurden, darunter das Kriminalmuseum und die Räume der Kriminaltechnik. 45 Menschen kamen dabei zu Tode, 32 wurden schwer verletzt. Noch während die Staubwolken über dem Unglücksort hingen, wurde dem amerikanischen Besatzungssoldaten Walter Mosca befohlen, das Nachrichtenbüro in der oberen Etage des verwüsteten Polizeihauses zu sichern. Ungerührt zündete er sich dort eine Zigarre an und trank das Bier, das er unter einer Mörtelschicht gefunden hatte, während die Leichen geborgen wurden. Da die Detonation einen Großteil der Fassade weggerissen hatte, hatte er freie Sicht auf die Vorgänge im Innenhof. Es war wie im Kino, nur Popcorn fehlte.

»Einige Frauen, die offenbar einen Schock erlitten hatten, weinten hysterisch«, schrieb er in seinem ersten Buch mit dem Titel »Die dunkle Arena«, das 1955 auf Englisch erschien. Wortgewaltig schildert er darin, wie sich der hochgewirbelte Staub langsam senkte und die grünen Uniformen der Anwesenden weiß färbte und wie er hinter einem Trümmerhaufen auf eine Leiche stieß, deren »dicker, roter Hals« von dem »grünen Kragen einer deutschen Polizeiuniform« umschlossen wurde.

Während die Toten weggetragen wurden, lernte Walter Mosca in dem Roman eine zarte Bremerin namens Hella »in khakifarbenen Skihosen und wollener Bluse« kennen. Sie verliebten sich ineinander, sie wurde schwanger. Das Glück hätte vollkommen sein können, wenn sie nicht krank geworden wäre. Um sie zu retten, benötigte er Penicillin, doch Hella war nur eine Deutsche und für den Feind war diese Medizin so kurz nach der Kapitulation nicht verfügbar. Also blieb ihm nichts anderes übrig, als das Medikament auf dem Bremer Schwarzmarkt zu ergattern. Er geriet in skrupellose Kreise, die aus alledem selbstverständlich ihren Profit schlagen wollten. Ein Kampf gegen die Zeit begann, da sich Hellas Zustand zusehends verschlechterte.

Das Ende soll nicht verraten werden. Ob sich die Liebesgeschichte tatsächlich so zugetragen hatte, ist unbekannt. Die Explosion im Innenhof des Polizeihauses war jedoch traurige Realität und die detailgetreue Schilderung der Ereignisse lässt vermuten, dass der Autor, der es später zu Weltruhm brachte, dabei war. Damals war er erst 26 Jahre alt und völlig unbedeutend. Das Haus, in dem er als einfacher US-Soldat der Army Air Force in Bremen gelebt hatte, befand sich in der Verdunstraße 28. Es wird in dem Roman ebenso beschrieben wie etwa die wohlgeformte Vermieterin mit dem wunderschönen Namen »Meyer«.

Zahlreiche Bremer Straßen wie die Kurfürstenallee, die Metzer Straße, die Contrescarpe und die Straße Am Wall sorgen in seinem Roman für das erforderliche Lokalkolorit, ebenso das »klotzige Polizeipräsidium« und der Bremer Ratskeller mit seinen »Riesenfässern«, in dem sich damals ein amerikanisches Casino befunden hatte.

Bekannt geworden ist der hier Gesuchte aber durch seine späteren Romane, die sogar verfilmt worden sind. Für die Drehbücher erhielt er 1973 und 1975, zusammen mit dem Regisseur Francis Ford Coppola, zwei Oscars. Sie handeln davon, dass Macht korrumpiert, sind jedoch nicht ganz so düster wie sein erster Roman, der unmittelbar nach Kriegsende in Bremen spielt.

WER IST ES?

Auflösung auf Seite 124

Zwei Leben?

Er hatte die Bremer Seele schnell durchschaut, obwohl er noch sehr jung war. So berichtete er bereits als 19-Jähriger seiner geliebten Schwester Marie in einem seiner zahlreichen Briefe von einem Bremer, der jeden Morgen volltrunken vor die Tür trat, sich an die Brust schlug und brüllte: »Ick bin Borger!« Und da Außenstehende wie seine Schwester damit natürlich nichts anfangen konnten, übersetzte er das wie folgt: »D. h. ich danke Dir Gott, dass ich nicht bin wie jene, Hannoveraner, Oldenburger oder gar Franzosen, sondern Bremer Borger tågen båren Bremer Kind.«

Seine vielen Briefe verzierte er oft mit Karikaturen, die für die Bremer Bevölkerung zwar nicht durchweg vorteilhaft waren, dafür aber witzig. Sie zeigen etwa den stolzen Trinker, der sich kaum auf den Beinen halten konnte, aber auch seinen Arbeitgeber, den liberalen Heinrich Leupold, dessen Kontor sich schräg gegenüber der St. Martini-Kirche in der Martinistraße 11 befand. Und sich selbst zeichnete er ebenfalls, etwa rauchend in einer Hängematte liegend und das Leben genießend.

Nachdem er auf Druck seines Vaters das Gymnasium ein Jahr vor dem Abitur verlassen musste, absolvierte er in Bremen eine kaufmännische Lehre. Während dieser Zeit wohnte er bei Pastor Treviranus im Pastorenhaus der St. Martini-Kirche. Sein Lieblingsplatz war der Pastorengarten, in dem er seinen Gedanken freien Lauf ließ.

Er soll ein umgänglicher, geradezu liebenswerter Mensch gewesen sein, der gewissenhaft seiner Arbeit nachging und sich abends mit Freunden traf, um auch einmal über die Stränge zu schlagen. Besonders gerne ging er in den Ratskeller, wo er humorvolle »Urkunden« entwarf, etwa: »Wir, […] oberster Poet im Bremer Ratskeller und privilegierter Zecher tun kund und zu wissen allen Vergangenen, Gegenwärtigen, Abwesenden und Zukünftigen, dass ihr sämtlich Esel seid, faule Kreaturen, die an dem Überdruss der eigenen Existenz dahinsiechen […]«

In seiner Bremer Zeit trieb er viel Sport und berichtete stolz, dass er es geschafft habe, die Weser in einem Zuge viermal zu durchqueren, was ihm sonst in Bremen wohl kaum einer nachmachen könne. Auch rühmte er das Musikleben – er sang in einem Chor – und den freien Geist der Stadt, der überall zu spüren sei. Das war die eine Seite, die er zeigte.

Die andere Seite bestand darin, dass er in seinen Bremer Jahren beachtliche intellektuelle Fortschritte machte. Er zeigte sich als begnadeter Beobachter und kritischer Zeitgeist und schrieb schon damals, so jung er war, heimlich unter dem Pseudonym »Friedrich Oswald« für verschiedene Zeitungen. Nach zweieinhalb Jahren war Schluss, und er verließ die Stadt, in der er sich sehr wohl geführt hatte, scherzend mit einem besonderen Nachruf: »Ich danke Gott, daß ich nun auch dies langweilige Nest verlasse, wo man nichts tun kann als fechten, essen, trinken, schlafen und ochsen, voilà tout […]«

WER IST ES?

Auflösung auf Seite 125

Die Venus von Hemelingen?

Sie war wunderschön und die Menschen standen Schlange, um sie zu sehen. Einer ihrer größten Bewunderer, Wallace Stort, der bis 1940 für das Magazin »London Life« launige Geschichten aus aller Welt schrieb, schwärmte von ihr in den höchsten Tönen. Sie besitze, ließ er seine Leser wissen, »eine perfekte Figur«, auch habe sie »feste, schön geschwungene Brüste, eine kleine, gepflegte Taille und schlanke, runde Hüften«. Ein Hauch von Nichts habe »die makellose Perfektion ihres ungeschliffenen Körpers« bei seinem letzten Besuch hauteng bedeckt, bestehend aus transparenter schwarzer Seide, die sie so verführerisch habe aussehen lassen, als wäre sie nackt gewesen. Zusammengeballt hätte ihr zartes Kostüm, mutmaßte er, gewiss in einer Faust Platz gefunden.

Bevor sie in den USA Karriere machte, lebte sie mit ihrer Mutter Elise Wagner in Hemelingen, das damals noch nicht zu Bremen gehörte, und zwar in der Moltkestraße 26. Sie hatte blonde Haare und grüne Augen und maß gerade einmal 91 Zentimeter, was auch darauf zurückzuführen war, dass sie keine Beine hatte. Auch ihre Arme fehlten aufgrund eines sogenannten Tetra-Amelia-Syndroms von Geburt an. Trotzdem soll ihr Torso makellos gewesen sein. Nicht einmal Narben oder Deformierungen seien vorhanden gewesen, heißt es in einem Arztbericht. »Die Bildung des Körpers ist in seinen eigenen Grenzen vollkommen«, hatten die Ärzte festgestellt, »und die Natur hat keinerlei Vorkehrungen für das Vorhandensein oder das Funktionieren von Gliedmaßen getroffen.«

Auch Künstler zeigten sich begeistert von ihr und sprachen von einer »natürlichen Skulptur«, von der »arm- und beinlosen Venus« aus Hemelingen. Und entsprechend selbstbewusst präsentierte sich die junge Frau auch, wenn sie ihren Torso bei Ausstellungen gegen Geld auf einem mit Brokatspitzen bedeckten Sockel zur Schau stellte. Sie wusste: Sie war etwas Besonderes. Zuerst trat sie nur in Deutschland auf, etwa in »Schäfer's Menschen-Wunder-Schau«, bevor sie ihr Stiefbruder Karl Grobecker, der zugleich auch ihr »Manager« war, dazu überredete, ihre Karriere in den Vereinigten Staaten fortzusetzen.

Am 23. März 1924 verließen die beiden Hemelingen und setzten an Bord der SS George Washington nach New York über. In Amerika war sie die Sensation. Sie trat in zahlreichen Varietés auf und galt als Publikumsmagnet. Obwohl sie sonst fröhlich und unbefangen war, zeigte sie sich gegenüber den Besuchern distanziert. Bei einem Abstecher nach Paris, der sie 1927 in den Luna Park führte, bezeichnete sie der Schriftsteller Jean Cocteau in seinen Aufzeichnungen als »eine sture deutsche Frau«. Hätte er sich mit der vornehmen Mentalität der Bremer ausgekannt, hätte er das nicht als bemerkenswert hervorgehoben. Ihre Unnahbarkeit hatte aber auch noch weitere Gründe. Sie war Profi durch und durch und musste sich vor den neugierigen oder gar liebestollen Besuchern schützen. Kaum eine Veranstaltung verging, ohne dass jemand versuchte, ihren Körper anzufassen oder sie gar zu liebkosen. Der

Conférencier schürte die Begierden noch, indem er dem lachenden Publikum die Vorzüge seines Prachtexemplars aufzeigte: Sie liefe niemals von zu Hause weg und erspare ihrem künftigen Göttergatten ein Vermögen, da sie weder Schuhe noch Strümpfe oder Handschuhe benötige. Dass sie glücklich verheiratet war, ließ er unerwähnt. Das hätte ihre Anziehungskraft doch sehr gemindert.

Es war erstaunlich, wie patent sie trotz der fehlenden Extremitäten war. Sie hopste vor dem begeisterten Publikum auf dem Boden herum, machte Purzelbäume und kämmte sich selbst die Haare. Auch war sie dazu imstande, Nadeln einzufädeln und sich eine Zigarette anzuzünden. Das zu zeigen, wäre heutzutage undenkbar – wegen des Nichtraucherschutzes.

Der letzte Bericht über die gebürtige Hemelingerin stammt aus dem Jahr 1940. Was danach aus ihr geworden ist, konnte nicht in Erfahrung gebracht werden.

WER IST ES?

Auflösung auf Seite 126

Ich wollt', ich wär ein Pferd?

Wenn nur das Stottern nicht gewesen wäre ... Mit 13 Jahren war es ihm kaum möglich, in der Klasse etwas fließend vorzulesen oder frei vor fremden Menschen zu sprechen. Seine Sprachprobleme entwickelten sich zu einem »schweren Komplex« und beeinflussten zunehmend seine schulischen Leistungen, sodass er in der zehnten Klasse des Gymnasiums sitzen blieb. Therapeuten vermochten ihm nicht zu helfen. Schon als kleines Kind wollte er ein Pferd werden. Hätte sich dieser Traum erfüllt, wäre es auf das Sprechen nicht weiter angekommen. Ein kräftiges Wiehern und es wäre alles gesagt gewesen.

Später dann änderten sich seine Pläne und er wollte als Missionar auf den Spuren Albert Schweitzers wandeln. Als wäre das nicht genug, meinte er anschließend, als Pastor seine Berufung finden zu können. Bei seiner Zukunftsplanung ließ sich der am Reformationstag geborene Junge vom christlichen Elternhaus leiten, vor allem von seinem gottesfürchtigen Vater und einem befreundeten Pastor, der sogar Empfehlungen abgab, welche Literatur für ihn erbaulich sei und welche auf keinen Fall gelesen werden solle, weil sie für die Entwicklung eines noch unfertigen Menschen Gift sei.

Bestärkt durch einen atheistischen Lehrer, den er sehr verehrte, übten jedoch gerade die verbotenen Werke auf den Jungen einen großen Reiz aus. So kam es, dass er sich begeistert auf die »verbotenen Schriften« Friedrich Nietzsches, Arthur Schopenhauers und Max Stirners stürzte und sie begierig verschlang. Sein Glaube wurde durch die Lektüre nicht erschüttert. Sie führte jedoch dazu, dass er fortan alles hinterfragte, was ihm vorgesetzt wurde. Alles wurde ausdiskutiert. Abweichende Meinungen wurden von ihm weniger als störend denn als befruchtend empfunden, sodass er auch zu seinen späteren Gegnern keine Berührungsängste hatte.

Nach dem Ende des Zweiten Weltkriegs, der auch Bremen in Schutt und Asche legte, war die aufmüpfige Jugend nicht mehr dazu bereit, sich irgendwelchen Autoritäten zu beugen. So etwas durfte nie wieder geschehen. Also entschloss auch er sich, politisch aktiv zu werden und statt Theologie Jura zu studieren. Später war er dann zunächst als Staatsanwalt tätig. Als Zeitzeuge hatte er eine tief greifende Aversion gegen alles, was mit Waffen und Militär zu tun hatte. Das sollte noch Jahre später bei einem Bundeswehrgelöbnis im Bremer Weserstadion für Aufregung sorgen.

Und auch sein Lebensstil war von den Erlebnissen des Dritten Reichs geprägt, besonders von den Eindrücken des aus Kriegsgefangenschaft heimkehrenden Vaters, der als Drogist versuchte, den Lebensunterhalt seiner Familie irgendwie sicherzustellen. Der Gesuchte wuchs bescheiden auf und lebte auch später so.

Seine Stärke war der Umgang mit Menschen. Berührungsängste kannte er nicht, was ihm einen Spitznamen einbrachte, der immer noch gerne benutzt wird. Seine Sprachprobleme bekam er an seiner neuen Schule in Eigentherapie in den Griff, indem er zunächst die Nähe kleiner Menschengruppen suchte. Die Abiturrede, die er auswendig gelernt hatte, bewältigte er mit Bravour, während seine Eltern im Auditorium vor Aufregung zitterten. Später war er dafür bekannt, dass er seine Reden am liebsten frei hielt.

WER IST ES?

Auflösung auf Seite 127

Die goldene Wolke?

Ihre Ehe war nicht glücklich. Geheiratet hatte sie in der alten St. Ansgarii-Kirche, in der die Familie, eine der angesehensten und wohlhabendsten Bremens, seit Generationen eine eigene Bank besaß. Doch dann begann das große Schweigen. Ihr Mann stürzte sich in seine Arbeit und war damit so erfolgreich, dass nach ihm sogar ein Platz in Schwachhausen benannt worden ist. Seine Frau führte während der verbleibenden Bremer Zeit ein luxuriöses Leben und verkehrte im Freundeskreis der »Goldenen Wolke«. Dort traf sie auf ihresgleichen, auf talentierte Kaufleute, auf Künstler, Schriftsteller und Musiker, die sich in den Kopf gesetzt hatten, das kulturelle Leben in Bremen zu beleben. Sie hatte Kontakt zu Rudolf Alexander Schröder, Eduard von Keyserling und Alfred Heymel, später dann zu Rilke und Hugo von Hofmannsthal. Trotz ihrer Eheprobleme bezeichnete sie selbst diese Phase ihres Lebens als glücklich.

Das änderte sich, als sie mit ihrem Mann aus beruflichen Gründen nach Hamburg ziehen und das Haus an der Parkallee 45 verkaufen musste. Obwohl er auch an der Elbe gute Arbeit leistete, ging sein Einsatz in der großen Stadt unter. Schließlich wurde er vom Arbeitgeber vor die Tür gesetzt und bekam sogar Hausverbot. Immerhin arrangierten sich die Eheleute im Alter miteinander. Vielleicht war es auch das persönliche Leid, das sie zusammenschweißte.

1921 verstarb ihre Mutter, 1923 nahm sich ihr Vater das Leben. Sie musste ihre vier Kinder zu Grabe tragen. Die erste Tochter starb gleich nach der Geburt, eine weitere Tochter nahm sich das Leben, nachdem ihr das Bein amputiert werden musste und sich ihr Verlobter abgewandt hatte. Der älteste Sohn erhängte sich in einer Bremer Kunsthandlung, nachdem 1938 in Hamburg ein Ermittlungsverfahren wegen angeblicher »homosexueller Bündelei« gegen ihn eingeleitet worden war, und der jüngste Sohn wurde am 24. Dezember 1944 in einem Flugzeug abgeschossen und gilt seither als vermisst. Ihr Mann starb, des Lebens überdrüssig, nach einer Operation am 8. Juli 1938 in München. Sie überlebte ihn um mehr als 30 Jahre.

Das Familiengrab befindet sich auf dem Riensberger Friedhof. Bekannt geworden ist die Gesuchte vor allem durch ihre unerfüllte Liebe zu einem anderen Mann. Erst spät erfuhr sie, dass sich auch dieser das Leben genommen hatte, indem er sich am 20. Februar 1913 in Los Angeles mit einem Revolver in den Mund schoss.

WER IST ES?

Auflösung auf Seite 128

Hals- und Beinbruch?

»Vor dieser Blutfahne, die für unseren Führer steht, schwöre ich, all meine Kraft und Stärke dem Erretter unseres Landes Adolf Hitler zu weihen. Ich bin willens und bereit, mein Leben für ihn zu geben …« Es ist pikant, wenn bereits ein Zehnjähriger diesen Eid leisten muss, doch er tat es aus Überzeugung. Er war begeisterter Pimpf und Hitler-Junge und trat schon früh in die NSDAP ein. Er war sportlich und sah mit seinen blonden Haaren aus wie ein Bilderbuch-Arier. Mit 17 Jahren meldete er sich freiwillig zur Luftwaffe, wurde Fallschirmjäger und kämpfte drei Jahre lang in Russland, der Ukraine und Frankreich. Er erhielt zahlreiche Auszeichnungen, war sogar Träger des Eisernen Kreuzes 1. Klasse. Doch dann kamen die Zweifel. Während noch markante Durchhalteparolen durch die Volksempfänger dröhnten, versank das Land in Schutt und Asche. Wie durch ein Wunder überlebte er als einer der wenigen seiner Einheit die alliierte Bombardierung von Kleve. Schließlich reichte es ihm und er desertierte kurz vor Kriegsende. Beim Versuch, sich nach Bremen durchzuschlagen, wurde er in einer Scheune aufgegriffen und als Kriegsgefangener in England interniert.

Geboren worden war er in Bremen-Walle, aufgewachsen in der Wischhusenstraße 32 in Gröpelingen. Mit acht Jahren trat er in den Sportverein TuRa Bremen ein und spielte dort zunächst im linken Mittelfeld Fußball. Bereits mit vierzehn Jahren verließ er die Schule und begann eine Lehre bei der Hannoverschen Maschinenbau AG. Sein Leben war jedoch der Sport. Er durfte an den Reichsjugendspielen in Berlin teilnehmen, wo er unter anderem im Granatenwerfen brillierte.

Auch während der Kriegsgefangenschaft fiel er als guter Sportler auf. Durch eine glückliche Fügung kam er beim Fußballspielen als Torwart zum Einsatz und erwies sich als Naturtalent. Beim Provinzclub St. Helens Town AFC in der Nähe von Liverpool zeigte er im Tor so gute Leistungen, dass er einen Profivertrag bei Manchester City erhielt. Diese Entscheidung kam nicht bei allen gut an. Zwanzigtausend Fans protestierten gegen den ehemaligen Fallschirmjäger und skandierten: »Off with the German!« (»Raus mit dem Deutschen!«) Protestbriefe wurden verfasst, Dauerkarten zurückgegeben. Als die Feindseligkeiten zu eskalieren drohten, sprang ihm der Rabbiner von Manchester, Alexander Altmann, bei und bat in einem offenen Brief, ihm eine Chance zu geben. Allein entscheidend sei, ob er ein anständiger Kerl sei, sonst nichts. Und der Gesuchte setzte alles daran, den Leuten zu zeigen, dass er »ein guter Torwart und ein guter Deutscher« war.

Das gelang ihm auch – und zwar in spektakulärer Weise. Er war bei der Mannschaft beliebt und entwickelte sich zum besten Torwart der englischen Liga, vielleicht auch seiner Zeit überhaupt. Jahre später wurde er sogar zum englischen »Fußballer des Jahres« gewählt. Endgültig zur Legende wurde er, als er am 5. Mai 1956 im FA-Cup-Finale gegen Birmingham im Tor stand. Nach einer Flanke aufs Tor wurde er in der 75. Minute vor den Augen der Queen vom Knie eines Gegenspielers mit voller Wucht am Nacken getroffen. Er fasste sich an den Hals, torkelte und brach zusammen. Obwohl er benommen war und die Spieler nur noch schemenhaft wahrnehmen konnte, spielte er weiter, weil Auswechselungen in jener Zeit nicht möglich waren. Trotz seiner Schmerzen gelangen ihm sogar noch einige spektakuläre Paraden, mehrmals brach er zwischendurch zusammen, ehe das Spiel zu Ende war. Als ihm die Queen gratulierte und sich Prinz Philip nach seinem Befinden erkundigte, sagte er in seiner trockenen Bremer Art: »Ich habe einen steifen Hals.«

Später stellte sich heraus, dass er sich bei dem Zusammenprall einen Genickbruch zugezogen hatte und fünf Halswirbel ausgerenkt waren. Diese Verletzung hätte auch tödlich enden können.

Seine Karriere als Spieler endete bei Manchester City nach fünfzehn Jahren und 590 Spielen. 47.000 Zuschauer erschienen zu seinem Abschied und feierten ihn, den Bremer Jungen aus Bremen-Walle, enthusiastisch. Anschließend rissen Fans sogar die Torpfosten aus dem Boden, weil es keiner wert sei, künftig zwischen ihnen zu stehen. Er gilt bis zum heutigen Tage in England als Held. Einer seiner Söhne soll als Taxifahrer in London arbeiten.

Die Geschichte, wie es einem verhassten Kriegsgefangenen gelang, die Herzen der Engländer zu erobern, wurde 2017/18 fürs Kino verfilmt.

Am 19. Juli 2013 starb er, hochgeehrt, im Alter von 89 Jahren. Ein Platz in Gröpelingen trägt seinen Namen.

WER IST ES?

Auflösung auf Seite 129

Der Schuh auf dem silbernen Tablett?

Ob sie tatsächlich so große Füße hatte oder einfach nur eitel war, wird von den Chronisten unterschiedlich beantwortet. Fest steht, dass ihre Schuhe oft zu klein waren, sodass sie sie bei jeder Gelegenheit auszog, vor allem bei Tisch. Und das sollte sich für ihre weitere Zukunft rächen. Als sie sich bei einem Bankett der Landgräfin von Brandenburg-Schwedt nämlich wieder einmal ihrer Schuhe entledigt hatte, sah er, übermütig wie er war, seine große Stunde gekommen. Heimlich stibitzte er einen ihrer Schuhe und harrte kichernd der Dinge. Er beobachtete, wie sie zusehends nervös wurde und unter dem Tisch verzweifelt nach dem zweiten Schuh suchte. Als die anderen Gäste aufstanden, um sich andernorts den Kaffee reichen zu lassen, sah er sie mit nur einem Schuh hinterherhumpeln. Ein erbärmlicher, ein trauriger Anblick. Gleichwohl wartete er ab, bis sie sich wieder gesetzt hatte. Während den anderen der Kaffee gereicht wurde, ließ er ihr den fehlenden Schuh auf einem silbernen Tablett servieren. Die Gesellschaft bei Hof zeigte sich köstlich amüsiert, nicht aber die Bloßgestellte und die Landgräfin. Um ihre Ehre wiederherzustellen, wurde ohne Umschweife das Verlöbnis zwischen den beiden jungen Leuten verkündet.

Die Ehe soll nicht glücklich gewesen sein. Ihr entstammte allerdings eine Tochter, in die er völlig vernarrt war. Sie war sein einziges Kind und wurde zu Ehren der Landgräfin »Philippine« genannt. Die Familie kam viel herum, bis sie aus beruflichen Gründen in Bremen Quartier bezog. Er fühlte sich der Stadt gleich verbunden und gab seinen verdutzten Freunden bekannt, in ihr auf Dauer leben zu wollen. In seinen Briefen rühmte er die weltoffene Einstellung der Bürger, die er als gutmütig, treuherzig, dienstfertig, gastfreundlich, wohltätig und einfach beschrieb. Das liberale, weltoffene Flair der Hansestadt gefiel ihm und stellte einen willkommenen Kontrast zu den »erbärmlichen Hofschranzen« und dem »Hofgeschmeisse« bei Hofe dar, über das er sich ebenso ereiferte wie über die unfähigen »Windbeutel, Schafsköpfe, Schöpse, Plusmacher und Pinsel«, die andernorts das Sagen hatten.

Weniger gefielen ihm in Bremen die zahlreichen Missstände, etwa die ständige Unruhe während der Gottesdienste im Dom. Ohne Rücksicht auf den heiligen Ort würde in den Winkeln der Kirche »Unfläterey« getrieben, beklagte er sich. Bei Dämmerung fänden im Dom-Umgang abstoßende Unanständigkeiten statt. Außerdem fehle schon seit Jahren ein Uhrzeiger an der Domuhr, die zudem auch noch falsch schlüge.

Die Bremer mochten ihn. Bereits zum Dienstantritt beglückte ihn der Senat mit fast vierzig Litern Rheinwein. Er war rastlos tätig und nebenbei sorgte er dafür, dass Bremen endlich wieder ein Theater bekam. Das durchzusetzen, war alles andere als einfach, weil das Schauspiel in dem Ruf stand, nicht nur teuer zu sein, sondern zudem Handwerker von der Arbeit abzuhalten und auf falsche Gedanken zu bringen. Letztlich seien es doch nur fragwürdige Charaktere, denen auf der Bühne Raum gegeben werden würde, so die Kritiker. Trotzdem setzte er sich durch und in einigen Rollen waren sogar seine Frau und er selbst zu sehen.

Seine angeschlagene Gesundheit stellte sich jedoch zunehmend als Bürde dar. Blasen- und Nierenentzündungen setzten ihm zu und fesselten ihn oft tagelang ans Bett. In der »National-Zeitung der Teutschen«, die in Gotha erschien, wurde davon berichtet, er habe unter einem »peinlichen Übel« gelitten, »das in den Urinwerkzeugen seinen Sitz hatte«. Die Schmerzen wurden immer unerträglicher, bis er schließlich von seinem Leiden erlöst wurde – mit erst 44 Jahren.

Obwohl seither weit mehr als zweihundert Jahre vergangen sind, kennt ihn in Deutschland noch heute fast jedes Kind. Seine Bekanntheit ist allerdings einem Missverständnis zu verdanken, das sich nicht mehr ausräumen lässt. Zahlreiche aktuelle Bücher tragen seinen Namen. Seine letzte Ruhestätte hat er im Bremer Dom gefunden.

WER IST ES?

Auflösung auf Seite 130

Das Bremer Hexen-Einmaleins?

Aus EINS mach ZWEI
und du bleibst frei.
Die ZWEI mach gleich
und du bist reich.
Nimm die EINS und auch die ACHT,
dann ist es auch schon fast vollbracht,
Es fehlt noch die SIEBEN, davor die ZWEI,
fertig ist's am ERSTEN Mai.
ZWEI Schwestern sind's, leicht zänkisch zwar,
doch Hand in Hand ein großes Paar.
Geschaffen ward es, keine Frage,
von großem Mann vergangener Tage.

WER IST ES?

Auflösung auf Seite 131

Der Marathonmann?

Der Boden bestand aus nacktem Beton. Die Basketballkörbe hatten ihre beste Zeit hinter sich. Und auch sonst wirkte alles ärmlich und einfach. Doch die jungen Leute schienen zufrieden zu sein. Etwa neunzig Sportler waren zusammengekommen, alle zwischen 12 und 17 Jahre alt, um dem hohen Besuch aus Bremen einen freundlichen Empfang zu bereiten. Natürlich wurde auch Basketball gespielt, doch vor allem wurde gesungen, getanzt und gelacht.

Der Bremer war begeistert. Diese Lebensfreude hatte er nicht erwartet. Immerhin hatten es die jungen Leute im Leben nicht gut getroffen. Sie kamen aus einem der heruntergekommensten Slums Harares, der Hauptstadt Simbabwes. Dort lebten sie in maroden Wellblechhütten oder in zusammengehämmerten Verschlägen, meist ohne Strom und immer ohne fließendes Wasser. Wenn sie ihr »Geschäft« verrichten mussten, bedienten sie sich oft einer »flying toilet«, eines einfachen Plastikbeutels, der anschließend zusammengebunden und in irgendeiner Ecke entsorgt wurde. Der Gestank im Slum war nur schwer zu ertragen.

Seuchen waren weit verbreitet. Viele hatten keine intakte Familie mehr. Kriminalität und Hoffnungslosigkeit grassierten. Und trotzdem lachten die jungen Leute, als der Besuch aus Bremen kam, feierten und erfreuten sich des Lebens. Gerade der Sport ermöglichte es ihnen, dem Kreislauf der Verzweiflung zu entkommen.

In einem anschließenden Gespräch mit einigen Jugendlichen zwischen 12 und 14 Jahren fragte der Bremer, was ihr größter Wunsch sei. Erst Schweigen, dann meldete sich ein Mädchen und sagte: »We want to go to school« – »Wir wollen zur Schule gehen.« Damit hatte der Gast nicht gerechnet. Er betonte, ihnen nichts versprechen zu können. Dennoch werde er sehen, was sich machen ließe. Zurück in Bremen begann er, seine Beziehungen spielen zu lassen. Ein Telefonat jagte das andere und schließlich hatte er genug Geld zusammen, um den Mädchen den Besuch der Roosevelt Girls High School in Harare zu ermöglichen – und zwar bis zum Abschluss. Sogar sein ehemaliger »Intimfeind«, ein hoher Fußballfunktionär aus München, beteiligte sich großzügig.

Für diese zupackende Art war er bekannt. Schon als junger Mann, damals war er noch AStA-Sportreferent in Hamburg, fuhr er nach einem Prag-Besuch spontan in die DDR, um auf eigene Faust Sportkontakte zu knüpfen. Eine Schnapsidee, wie sich herausstellen sollte, zumal er noch nicht einmal über ein Visum verfügte. Aber bezeichnend. Der sowjetische Geheimdienst, der KGB, nutzte die Chance und versuchte, ihn als Agenten zu missbrauchen. Der westdeutsche Verfassungsschutz trat ebenfalls in Erscheinung und so wurde er wider Willen Doppelagent. Dabei wollte er über den Sport lediglich menschliche Kontakte zu den Menschen jenseits der Mauer knüpfen. Später war er Fußballfunktionär und Bremer Senator, bevor er »UN-Sonderberater für Sport im Dienste von Frieden und Entwicklung« wurde. In dieser Funktion legte er jährlich 400.000 Kilometer mit dem Flugzeug zurück, acht Jahre lang, um mithilfe des Sports daran zu arbeiten, wofür sein Vorname stand – ohne langatmige theoretische Debatten und nervige Resolutionen.

Der Blick über den Tellerrand habe ihn demütig werden lassen, sollte er später einmal sagen. Und dass es eines großen Durchhaltevermögens bedürfe, um durch viele kleine Schritte Änderungen zu bewirken. Als zehnfacher Marathonläufer und begeisterter Langläufer wusste er, wovon er sprach.

WER IST ES?

Auflösung auf Seite 132

Die Wetterfahne?

Er liebte seine Vaterstadt und so wollte er sich ihr auch nach seinem Tode erkenntlich zeigen. Also setzte er sie am 14. Dezember 1875 testamentarisch zu seiner Erbin ein und verfügte: »Was der Stadt Bremen [...] als Erbschaft [...] zufällt, soll vereinigt bleiben und sachgerecht verwaltet werden unter der Bezeichnung: Stiftung für die Verschönerung der Stadt Bremen.« Damit wollte er, wie er betonte, »den Sinn der Bevölkerung für wahre Kunst, die Freude daran und die Liebe zur Vaterstadt [...] beleben.«

Am 23. Januar 1882 starb der Bremer Kaufmann und sein letzter Wille konnte endlich erfüllt werden. Es sollte jedoch zunächst noch fünf Jahre dauern, bis der gewaltige Nachlass gesichtet worden war. Allein seine Wertpapiere wurden mit 304.953,82 Goldmark beziffert. Hinzu kamen offene Forderungen, ein Zigarrenlager im Wert von 5.459,52 Goldmark sowie nennenswerte Weinvorräte. Nach Abzug der Vermächtnisse und Kosten verblieben exakt 312.801,51 Goldmark für die Stadt Bremen. Ein Riesenvermögen, dessen Zinsen jährlich für die Verschönerung der Stadt verwandt werden sollten.

Und zunächst verlief auch alles nach Plan: Bremer Bürger standen Schlange, um »Finanzierungsbeihilfen« für die Verschönerung ihrer Häuser zu erhalten, der »Ulensteen« an der Schlachte konnte wiederhergestellt werden und viele bauliche Details, die die Schönheit Bremens ausmachten, wurden auf diese Weise gerettet. Doch dann häuften sich die Probleme.

Jahrelang wurde unter Hinzuziehung teurer Gutachten darüber gestritten, ob das neue Ratsgestühl, das der Bremer Architekt Johann Georg Poppe mit Mitteln der Stiftung entworfen hatte, nun »wie eine aufgeblasene Attrappe« wirke oder »von hoher Qualität« sei. Dann kam heraus, dass einer der Testamentsvollstrecker erhebliche Mittel veruntreut hatte. Schließlich führten zwei Weltkriege und die Inflation zu einem nie da gewesenen Verfall von Gut und Geld, sodass vom einstmals stolzen Nachlass des Bremer Mäzens nach der Währungsreform 1948 nur noch 130 Mark übrig blieben. Ein Betrag, der nicht einmal für eine Türklinke reichen werde, jammerte der damalige Baudenkmalpfleger Dr. Stein. Doch dann hatte er eine Idee, die – für alle sichtbar – immer noch von der Großzügigkeit des gesuchten Bremers zeugt: Eine Wetterfahne, die ins Auge fällt.

WER IST ES?

Auflösung auf Seite 133

Eduard Kruse?

Es war in der Nacht vom 13. auf den 14. Februar 1814, als sie aus ihrem Elternhaus an der Brautstraße verschwand. Ohne jemandem etwas zu sagen, zog sie sich heimlich die Kleidung ihres Bruders Herrmann an und türmte über die zugefrorene Weser. Und das mit nur siebzehn Jahren. Ihr Vater, ein gelernter Zimmermeister, war fassungslos. Er hatte genug Sorgen. Seine Frau war erst zwei Jahre zuvor gestorben. Jahrelang musste er Prozesse führen, weil ihm der Lohn, den ihm die französischen Besatzer nach dem Umbau des Schüttings versprochen hatten, teilweise vorenthalten wurde. Zu allem Überfluss war seine älteste Tochter auch noch mit einem französischen Offizier durchgebrannt. Und dann das …

Niemand hatte damit gerechnet, dass die Franzosenzeit in Bremen so schnell vorbei sein würde. Erst drei Jahre zuvor war die Stadt als Hauptsitz des »Départements des Bouches du Weser« (»Departement der Wesermündungen«) ein Teil Frankreichs geworden. Doch seit der Niederlage Napoleons in Russland erhoben sich die Nationen und wagten den Aufstand, allen voran der preußische König Friedrich Wilhelm III. Im Rausch der Freiheit bildeten sich Freiwilligeneinheiten und Freikorps, unter ihnen Tettenborns Kosaken und die schwarz uniformierten Lützower Jäger.

Im Oktober 1813 zog Oberst von Tettenborn mit seinen Kosaken und einigen Lützower Jägern mit Pauken und

Trompeten in Bremen ein. Auch wenn sie nur eine Woche später von den Franzosen wieder vertrieben worden waren, muss der Anblick der Soldaten berauschend gewesen sein. Die vaterländische Begeisterung und die Sehnsucht nach Abenteuern erfassten auch die hier Gesuchte. Zu gerne hätte sie mitgekämpft und wäre vielleicht sogar den Heldentod gestorben. Doch sie hatte ein Handicap: Sie war eine Frau. Und damit hatte sie auf dem Feld der Ehre nichts zu suchen. Doch dann hatte sie eine glorreiche Idee. In besagter Nacht verkleidete sie sich als Mann und nannte sich fortan Eduard Kruse, Student aus Oldenburg. Da sie bei den Bremer Freiwilligen womöglich erkannt worden wäre, beschloss sie, Soldat bei den Lützower Jägern zu werden. Dort kannte sie keiner.

Trotz der Kälte gelang es ihr irgendwie, über Münster nach Jülich zu gelangen. Dort hielt man »den strammen Burschen«, wie sich der Bremer Historiker Herbert Schwarzwälder ausdrückte, für geeignet, einen passablen »Büchsenjäger zu Fuß« abzugeben. Sie wurde dem 3. Bataillon zugeteilt, das von Turnvater Jahn befehligt wurde, und nahm an der Belagerung Jülichs teil. Ihre soldatischen Fähigkeiten waren weder gut noch schlecht, allerdings soll die Belagerung Jülichs auch nicht von weltgeschichtlicher Bedeutung gewesen sein, sondern vor allem langweilig.

Es hätte also alles dahinplätschern können, wenn sich der besorgte Vater aus Bremen nicht auf gut Glück auch an die Truppenführung der Lützower Jäger gewandt hätte. So kam alles raus. Da sie als Soldat jedoch einen guten Eindruck gemacht hatte und allseits beliebt war, behielt die Leitung das Wissen auf ihren Wunsch hin für sich und erlaubte ihr, bei der Truppe zu bleiben. Allerdings wurde streng drauf geachtet, dass nichts Unzüchtiges geschah und »Jäger Kruse« nur mit moralisch integren Gefreiten das Zelt teilte. So konnte sie unerkannt an dem Marsch auf Paris und an der anschließenden Parade in Berlin teilnehmen. In Berlin war sie, als es einer Geheimhaltung nicht mehr bedurfte, eine gesellschaftliche Attraktion und wurde sogar bei Hofe herumgereicht. Nur ihr Vater, der seine Ehre befleckt sah, verwehrte ihr die Rückkehr ins Elternhaus, bis der Bremer Senator und spätere Bürgermeister Johann Smidt ein Wort für sie einlegte. Ihre Rückkehr glich einem Triumphzug.

Dann begann die Zeit des Vergessens. Sechs Jahre später heiratete sie den Kellner und Lohndiener Johann Peter August Lucks aus Altona und zog seinetwegen nach Hamburg. Dieser starb jedoch bereits mit 42 Jahren, sodass sie in Hamburg-Horn große finanzielle Not litt, bis ihr der Bremer Senat mit Unterstützung der Bürgerschaft wegen ihrer Verdienste für das Vaterland eine kleine Pension gewährte. Mit 70 Jahren starb sie vereinsamt in Hamburg-Horn. In Bremen sind eine Straße und ein Weg nach ihr benannt worden.

WER IST ES?

Auflösung auf Seite 134

Der Tangojüngling mit der Höllenmaschine?

»Innerhalb einiger Monate werden Sie nicht mehr leben.« Das hatte ihm der Telepath Carl Bor Kadlezek, genannt »Burlisto«, nur wenige Wochen vor seinem Tod prophezeit. Doch er hatte darüber gelacht. Als promovierter Jurist und Absolvent des Realgymnasiums in Bremen hielt er nichts von solchem Humbug. Doch dann kam Erich Cedrik von Halacz, ein junger Mann mit weichen, fast mädchenhaften Gesichtszügen, und bereitete seinem Leben ein Ende.

»Tangojüngling« wurde von Halacz wegen seines wiegenden Ganges von den Ermittlern genannt. Er konnte nur deshalb überführt werden, weil von ihm eines der ersten Phantombilder in Deutschland angefertigt worden war. Am 29. November 1951, dem 22. Geburtstag des Täters, ging die »Höllenmaschine«, wie die Ermittler die Rohrbombe nannten, bei ihm ein und detonierte, als er das verkabelte Paket in seinem Dienstzimmer öffnen wollte. Es war 13:10 Uhr, als eine meterhohe Stichflamme aus der Röhre schoss und ihn die Explosion bis zur Unkenntlichkeit zerfetzte. Zwei weitere Personen wurden schwer verletzt. Die Detonation war so gewaltig, dass das Zimmer des 49-Jährigen im zweiten Stock des Bürohauses an der Zweiten Schlachtpforte verwüstet wurde und die Bürowand einstürzte.

Viereinhalb Stunden zuvor war bereits eine baugleiche Paketbombe im Postamt von Eystrup detoniert und hatte die erst achtzehnjährige Tochter des Postamtsvorstehers, Margaret Grüneklee, in den Tod gerissen. Adressiert war das Paket an den Mitinhaber der Marmeladenfabrik Goebbert & Co., einen gewissen Carl Mayntz, doch die Explosion erfolgte aufgrund einer Fehlzündung schon früher.

Eine dritte Paketbombe sollte einen vermögenden Futtermittelfabrikanten in Verden zerfetzen, konnte jedoch entschärft werden, nachdem dieser beim vorsichtigen Öffnen der Verpackung Kabel entdeckt hatte. Auch wenn er das Ganze für einen Scherz hielt, ließ er das Paket vorsichtshalber von einem Boten in den Keller bringen – und kam dadurch mit dem Leben davon, ebenso wie der Bote.

Bis zur Festnahme des Täters kursierten wilde Gerüchte, wer hinter den Anschlägen stecken könnte. Von einem terroristischen Hintergrund war die Rede, von Nazis, die aus dem Untergrund heraus agierten, ebenso von militanten Kräften aus der Ostzone. Schnell fiel der Verdacht auf Erich von Halacz, der von höherer Stelle beauftragt worden sein könnte, die politischen Verhältnisse zu bekämpfen. Er wurde sogar festgenommen, musste jedoch wenig später wieder freigelassen werden, nachdem ihm seine Freundin ein Alibi verschafft hatte. Doch dann wurde bei ihm eine Schreibmaschine gefunden, mit der die Adressen auf den Paketbomben geschrieben worden waren. Zwölf Tage nach den Anschlägen gestand Erich von Halacz den Doppelmord – der keineswegs politisch motiviert war, sondern der schnöden Geldgier entsprang. Der Rest ging schnell: Am 25. April 1952 wurde Erich von Halacz vom Verdener Schwurgericht zu lebenslangem Zuchthaus unter Verlust der bürgerlichen Ehrenrechte verurteilt. 1974, also 22 Jahre später, wurde er begnadigt, nachdem ihm zuvor ein tennisballgroßer Hirntumor entfernt worden war. Er soll eine Lehre als Bürokaufmann absolviert und eine vermögende Witwe geheiratet haben, mit der er in einer vornehmen Gegend von Hannover residierte. Näheres ist nicht bekannt.

Aufsehen erregte der Fall vor allem deshalb, weil das Versenden von Rohrbomben damals noch exotisch war und der zerfetzte Bremer eine exponierte Stellung innehatte, wenn auch erst seit einem Monat. Das Paket war nur deshalb an ihn adressiert, weil ihn Erich von Halacz irrtümlich für den Eigentümer des Unternehmens hielt und Geld für die Eröffnung eines Schallplattenverleihs erpressen wollte, indem er den Hinterbliebenen mit einem ähnlichen Schicksal drohte. Die Tat sorgte in ganz Europa für Aufsehen.

WER IST ES?

Auflösung auf Seite 135

Ein schauriges Herbstgeschenk?

Er war nur elf Tage in Bremen, doch diese Zeit reichte aus, der Stadt ein literarisches Denkmal zu setzen.

Eigentlich war der 23-jährige Mann nur nach Bremen gekommen, um einige Kommilitonen zu besuchen, mit denen er in Tübingen studiert hatte, unter ihnen sein Studienfreund Hermann Castendyk. Da er zudem auch mit dem Sohn des Bremer Bürgermeisters Johann Smidt, Hermann Smidt, befreundet war, verbrachte er die Zeit vom 26. August bis zum 6. September 1826 in exklusiven Kreisen. Dabei verliebte er sich unsterblich in eine junge Frau namens Josephe Stolberg.

Da sie auf seine Avancen nicht reagierte, ließ er sich in seinem Kummer in der Nacht zum 1. September im Bremer Ratskeller einschließen, um mit seinen Gedanken alleine zu sein. Während er in dieser Nacht den in zwölf Karaffen bereitgestellten Wein genoss, ließ er seine Kindheit und Jugendzeit Revue passieren, bis er in der Gegenwart angekommen war. Doch dann war es mit der Ruhe auch schon wieder vorbei.

Gegen Mitternacht öffnete sich plötzlich die Tür und zwölf trinkfreudige Geister, wohl die Verkörperung der Apostelweine, erschienen, ebenso der sonst nackt auf einem Weinfass sitzende Bacchus und die Jungfer Rose, die dieser umwarb. Sogar der Bremer Roland gesellte sich zu den Zechern. Es wurde ausgelassen getrunken, geredet und gesungen, bis der junge Besucher bewusstlos zusammenbrach.

Seine Angebetete zeigte sich entsetzt über den Trunkenbold, mit dem sie nichts zu tun haben wolle. Er verließ fluchtartig die Stadt und nur der Roland sagte ihm durch ein Kopfnicken Lebewohl.

Es liegt nahe, dass der Geist des Weines die Grenzen zwischen Dichtung und Wahrheit verwischt hat. Fest steht nur, dass sich an einem 1. September gegen Mitternacht gar Schauriges im Ratskeller zu Bremen zugetragen haben soll.

Der junge Besucher, der das in einer Bremer Herbstgeschichte kundgetan hat, starb nur ein Jahr später an Typhus.

WER IST ES?

Auflösung auf Seite 136

Caligulas Rache?

Er muss schon ein frecher Hund gewesen sein, dieser gebürtige Bremer aus »gutem Hause«. Sonst hätte er Seine Exzellenz Kaiser Wilhelm II. in dem satirischen Pamphlet »Caligula – Eine Studie über römischen Cäsarenwahnsinn« wohl kaum mit einem römischen Despoten verglichen. Nachdem er sich auch noch darüber empört hatte, dass eine Gedenkmedaille auf Kaiser »Wilhelm den Großen« gestiftet wurde, war das Maß voll. Wegen »Majestätsbeleidigung« kam er für drei Monate hinter Gitter.

Unmittelbar nach seiner Freilassung fuhr er zu einem Parteitag, auf dem er die Anwesenden wie folgt begrüßte: »Ich komme, wie Sie wissen, aus dem Gefängnis wegen einer Majestätsbeleidigung, die ich nicht begangen habe. Das schmerzt mich, wenn ich daran denke, eine wie schöne Majestätsbeleidigung man für drei Monate Gefängnis schon hätte verüben können.«

Durch seine Kampfschrift war er schlagartig berühmt geworden. Dafür wurde er jedoch vom Wissenschaftsbetrieb ausgeschlossen, obwohl er als Historiker ein ausgewiesener Experte auf dem Gebiet des spätmittelalterlichen Deutschen Reiches war. Trotzdem ließ er sich nicht einschüchtern und blieb seiner liberalen Gesinnung treu. Entschiedener als zuvor bekämpfte er die verhasste Monarchie, den Militarismus und die alten Eliten, die er gegen ein gebildetes Bürgertum auswechseln wollte. Auch wandte er sich gegen Vivisektion und Tierquälerei, engagierte sich für den Weltfrieden und forderte Rüstungsbeschränkungen sowie Internationale Schiedsgerichte.

Er steht in einer Reihe mit Persönlichkeiten wie Henry Dunant, Gustav Stresemann, Albert Schweitzer, Martin Luther King, Mutter Teresa und Willy Brandt. Trotzdem war er im eigenen Land isoliert und wurde zunehmend als »Vaterlandsverräter« bedroht. Er floh in ein anderes Land und lebte dort, weil er durch die Flucht sein Vermögen verloren hatte, in bitterster Armut. Da er als Flüchtling keiner geregelten Arbeit nachgehen durfte, war er auf Spenden angewiesen und versuchte, sich unter anderem als Gärtner durchzuschlagen. Dabei hätte er ein ruhiges, angepasstes Leben führen können, wenn er nicht bei allen Machthabern angeeckt hätte. Sein Vater war ein wohlhabender Bremer Kaufmann, sein Bruder Präsident der Bremer Bürgerschaft, er selbst hatte das humanistische Alte Gymnasium in Bremen besucht und in Straßburg sowie Göttingen studiert. Obwohl er weit herumkam, war er auf seine Wurzeln zeitlebens stolz. In der Morgenausgabe der Weser-Zeitung vom 1. Januar 1933 wurde er zitiert: »Ich habe nie aufgehört, mit einem gewissen Stolz mich als geborenen Bremer zu bekennen.«

Er starb im Alter von 83 Jahren fern der Heimat.

WER IST ES?

Auflösung auf Seite 137

Ein fantastisches Fundament?

Bremen, Theater am Goetheplatz, 25. November 2001
London, Royal Albert Hall, 29. November 2001
München, Philharmonie, 2. Dezember 2001

Wer dieser Frau einmal begegnet ist, der vergisst sie nie wieder. Und am 25. November 2001 gab es die Gelegenheit, ihr zu begegnen, als sie abermals in Bremen zu Besuch war, ehe sie nach London und München weiterreiste.

Dass das Theater am Goetheplatz zu der illustren Liste von Ende 2001 gehörte, war kein Zufall. Immerhin war dort etwa vierzig Jahre zuvor der Grundstein für ihre Weltkarriere gelegt worden.

Als sie, nach einem Engagement in Basel, ihre sonnenverwöhnte Heimat gen Bremen verließ, war sie gerade einmal 26 Jahre alt. Sie richtete sich in einer Erdgeschosswohnung in der Parkstraße ein und stellte ihr Können vor Bremer Theaterbesuchern unter Beweis. Drei Jahre blieb sie in Bremen, doch so richtig heimisch wurde sie hier nie.

Es fing schon damit an, dass sie gleich zu Beginn auf der Bühne zur Lachnummer wurde. Als sie dort eine hölzerne Plattform bestieg, gaben die Planken nach und sie versank bis zu den Waden in der Holzkonstruktion. Erst nachdem der Vorhang herabgelassen worden war, konnte sie mit vereinten Kräften aus der misslichen Lage befreit werden.

Dann gab es Probleme mit den Rollen, die ihr zugeteilt werden sollten, ebenso mit der Bezahlung: Sie hatte die Theaterleitung um einen Vorschuss gebeten, weil sie Geld für ihren erkrankten Vater benötigte, doch ihr Wunsch wurde abgeschlagen. Sie regte sich darüber dermaßen auf, dass sie das Tintenfass des Finanzdirektors zu Boden schleuderte und die Bürotür mit solcher Wucht zuschlug, dass die in ihr befindliche Glasscheibe zu Bruch ging. Die Kosten für die Reinigung des Büros und die neue Scheibe wurden ihr akribisch in Rechnung gestellt.

Hinzu kamen gesundheitliche Probleme, die ihr während der Bremer Zeit zu schaffen machten. Wiederholt fiel sie ohne ersichtlichen Grund in Ohnmacht. Vor allem aber raubten ihr starke Depressionen jegliche Lebensfreude. Schließlich dachte sie sogar daran, ihren Beruf an den Nagel zu hängen und Dolmetscherin zu werden. Soweit kam es zum Glück aber doch nicht. Irgendwie schaffte sie es, die drei Jahre durchzustehen und weiterzuziehen, bis ihr der Durchbruch am Broadway gelang.

Später räumte sie jedoch ein, dass während ihrer Bremer Zeit »ein fantastisches Fundament« für ihre Weltkarriere gelegt worden war. Auch äußerte sie sich dankbar, gar »voller Liebe«, über das wohlwollende Bremer Publikum und die Hilfsbereitschaft, die ihr in der Nachbarschaft zuteilgeworden war. Vielleicht war auch das ein Grund, warum sie 1994 noch einmal im Bremer Weserstadion auftrat.

WER IST ES?

Auflösung auf Seite 138

Ins Auge gegangen?

Es wäre beinahe beendet gewesen, bevor es überhaupt so recht begonnen hatte: Kaum, dass er mit zwölf Jahren das Schwimmen erlernt hatte, besuchte er mit einem Nachbarsjungen die damalige Badeanstalt am Breitenweg. Sein Freund hatte ihm versichert, nicht von seiner Seite zu weichen. Doch bevor er den Beckenrand wieder erreicht hatte, schwanden seine Kräfte und ihm wurde schwarz vor Augen. Weder der Bademeister noch sein Freund bemerkten das. Es hätte ein schlimmes Ende genommen, wenn er nicht von einem fremden Jungen gerettet worden wäre. Beherzt sprang dieser ins Wasser und zog ihn an den Beckenrand, wo er sich erbrach. Nachdem er wieder zu sich gekommen war, war sein Lebensretter verschwunden. Er hat nie in Erfahrung bringen können, wer es gewesen war.

Dieses Vorkommnis vermochte ihm die Freude am Sport nicht zu nehmen. Er schwamm weiterhin begeistert, ruderte, segelte und ritt, spielte Fußball, lief im Blockland Schlittschuh und unternahm lange Wanderungen, teilweise auf Gletschern. Nur im Geräteturnen war er eine Niete, was er darauf schob, dass er zu Hause kein Reck hatte. Dafür war er ein umso besserer Läufer. Er nahm an vielen Wettläufen teil und kam oft als Sieger ins Ziel. Trotzdem verschmähte ihn das Militär, er wurde nicht nur als zu klein, sondern auch »als zu schmal und zu zart« ausgemustert.

Im Jahr 1900 heiratete er die Berlinerin Paula Lisco, mit der er neun Kinder hatte: sechs Jungen und drei Mädchen. Als er mit ihr im ersten Ehejahr die damals noch verkehrsarme Straße »An der Weide« befuhr, kam es zu einem Unfall. Obwohl weit und breit kein Fahrzeug zu sehen und die Sicht bestens war, kollidierte seine Droschke mit einer Straßenbahn. Die Droschke kippte um und das Pferd fiel hin. Das Gesicht seiner Frau war von Glassplittern übersät und blutete stark. Glücklicherweise wohnte ein befreundeter Arzt in der Nähe, der seiner Frau die vielen Glassplitter aus dem Gesicht zog. Was er selbst in der Aufregung nicht bemerkte, war ein Glassplitter, der in seinem eigenen Augapfel steckte. Das Auge konnte glücklicherweise gerettet werden.

Die Schrecken des Zweiten Weltkriegs machten auch vor seiner Familie nicht halt. Drei seiner Söhne und zwei seiner Schwiegersöhne fielen. Sein Haus in der Kirchbachstraße 117 wurde ein Opfer der Bomben. Vielleicht war auch das ein Grund dafür, warum er sich noch einmal politisch betätigte. Ein späterer Bundespräsident pries anlässlich seines 110. Geburtstages posthum seine Bescheidenheit und Sparsamkeit. Er sei »von gütigem Wesen« gewesen, »tolerant, im Umgang mit anderen sehr höflich, dabei aber fest im Grundsätzlichen«. Am 8. Januar 1969 stürzte er, bereits 96 Jahre alt, ausgerechnet an der Bremer Rathaustür und erlag zwei Wochen später seinen Verletzungen.

WER IST ES?

Auflösung auf Seite 139

Der Beweis?

Bremen war für viele schon immer ein Ort der Sehnsucht. Matrosen, Gaukler, Kaufleute und andere zwielichtige Gesellen zog es von jeher an die Weser, ebenso revolutionäre Prediger, abgehalfterte Politiker und finanziell angeschlagene Bänkelsänger. Nachdem im Jahr 1339 die »Stadt- und Raths-Musici« gegründet worden waren, wurde Bremen vor allem bei Wandermusikern immer beliebter. Auch der hier Gesuchte machte sich eines Tages auf den beschwerlichen Weg in die gelobte Stadt, um den musikalischen Durchbruch zu schaffen. Und tatsächlich gelang es ihm, ein weltberühmtes Quartett zu bilden, bei dem ihm die tragende Rolle zukam.

Von seiner Musik ist nichts überliefert, dennoch kennt ihn noch heute fast jedes Kind – weit über die bremischen Grenzen und sogar über Deutschland hinaus. Literarisch wird von ihm erstmals im Jahr 1819 berichtet, danach haben sich zahlreiche Schriftsteller und Künstler, unter ihnen Zuckmayer, Siebeck, Drewermann und Janosch, von ihm und seinen Mitstreitern inspirieren lassen. Statuen von ihm und seinem Quartett findet man unter anderem in Riga, Astana, Osaka, Kawasaki, Windhuk, Cambridge (Massachusetts), Milwaukee und selbstverständlich auch in Bremen.

Ignorante Neider behaupten immer wieder, die Truppe habe niemals bremischen Boden betreten. Sie wurden jedoch eines Besseren belehrt, als vor einigen Jahren Knochen bei Ausgrabungen in der Böttcherstraße gefunden worden waren, die nur von ihm stammen konnten. Damit war der Beweis geliefert und die Ignoranten vorübergehend zum Schweigen gebracht. An den Triumph erinnert noch heute eine Hinweistafel, die in der Böttcherstraße hinter dem Paula Modersohn-Becker Museum kurz vor dem Durchgang zum Handwerkerhof zu finden ist.

WER IST ES?

Auflösung auf Seite 140

Wie auch wir vergeben unseren Schuldigern?

20. November 1945, kurz vor Mitternacht.

Zehn Männer, zwei von ihnen erst 21 und 22 Jahre alt, dringen in Bremen in den Hof Kapelle, Niederblockland 35, ein und kappen die Telefonleitungen. Sie durchsuchen das Haus nach Wertgegenständen und zerren sämtliche Bewohner in den niedrigen Keller. Dort metzeln sie sie mit Schüssen bestialisch nieder.

Insgesamt kommen in jener Nacht zwölf Menschen zu Tode, darunter vier Kinder. Nur einer von ihnen, ein 43-jähriger Apothekerassistent aus Walle, überlebt das Blutbad schwer verletzt, weil er sich tot stellt.

Obwohl er an Lunge, Unterarm, Fuß und Gesäß getroffen ist, kann er, gestützt auf ein kleines Mädchenfahrrad, in einem zwei Kilometer entfernten Anwesen Hilfe holen.

Die Täter, ehemalige polnische Zwangsarbeiter, werden, mit Ausnahme des Anführers, gefasst.

Die Bremer sind geschockt. Zur Beerdigung kommen 600 Personen nach Wasserhorst. Am 24. November 1945 erscheint im Weser-Kurier ein ausführlicher Bericht mit dem Titel »Grauenerregende Raubmorde«. Vier der Haupttäter werden am 13. Juli 1946 auf dem Neuenlander Feld hingerichtet, die anderen zu langen Freiheitsstrafen verurteilt.

Der Überlebende, ein gläubiger Christ, wird nach drei Monaten aus dem Krankenhaus entlassen. Er hat seine Frau, seine Kinder, seine Eltern und weitere Verwandte verloren. Sein Glaube wird durch die Geschehnisse im Blockland auf eine harte Probe gestellt. Dennoch ruft er zur Vergebung auf. Er appelliert an die Bevölkerung, sich durch die Vorkommnisse nicht zum Hass anstacheln zu lassen. In seinen Aufzeichnungen »Vergeben statt vergelten« heißt es auf Seite 26: »[Dann] geschah eins der größten Wunder, das ich in meinem Leben erfahren durfte: Der Herr schenkte mir unmittelbar die Liebe – Seine Liebe – zu diesen armen, vom Satan verführten Menschen.«

Der Überlebende appelliert an die Verantwortlichen, die Inhaftierten zu begnadigen. Mehr noch, er bittet die in Fuhlsbüttel einsitzenden Täter darum, sie besuchen zu dürfen. Natürlich schlägt ihm Misstrauen entgegen. Einer der Täter sagt später, dass er beim Gedanken daran, seinem Opfer gegenübertreten zu müssen, »die schlaflosesten Nächte [s]eines Lebens« gehabt habe. Die Gespräche führen jedoch dazu, dass sich die Täter von seinen guten Absichten überzeugen können.

1967 wird die Begnadigung auf seinen Wunsch hin ausgesprochen. Um den Teufelskreis von Hass und Gewalt endgültig zu durchbrechen, verzichtet der hier Gesuchte darauf, den entflohenen Anführer der Blocklandmorde zur Verantwortung zu ziehen, nachdem er erfährt, dass auch dessen Familie ermordet worden war. Dabei soll ihm dessen Aufenthaltsort sogar bekannt gewesen sein. Außerdem holt er die in Hamburg-Fuhlsbüttel inhaftierten Täter nach der Begnadigung persönlich mit seinem Privatauto ab und bringt sie in einem von ihm betriebenen Seniorenheim unter. Als das publik wird und sogar anonyme Morddrohungen eintreffen, sorgt er andernorts für eine sichere Bleibe. Wo diese war, hat er bis zu seinem Tod im Jahr 1979 nicht verraten.

WER IST ES?

Auflösung auf Seite 141

Prominente Wollsocken?

»Du glaubst gar nicht«, sagte er einmal zu Alfred Faust, seinem Pressesprecher, »wie intelligent die Kühe sind. Man kann sich mit ihnen richtig unterhalten. Sie verstehen alles und haben Antwort auf alles!« Bereits diese Aussage offenbart viel über einen Menschen, dem die Bremer einiges zu verdanken haben.

Er war gelernter Maurer und Stukkateur, doch er betätigte sich auf einem Feld, auf dem sich allzu oft auch Menschen tummeln, die nichts Rechtes gelernt haben. Es heißt, er sei geradlinig und stets optimistisch gewesen, auch habe Misstrauen nicht zu seinen Eigenschaften gezählt. Obwohl er es beruflich weit gebracht hatte, behielt er Bodenhaftung. Vor allem hielt er nichts von Starallüren oder italienischen Maßanzügen. Orden nahm er als echter Hanseat gleichfalls nicht an und er liebte die Anekdote von einem seiner Amtsvorgänger, der seinem Sarg angeblich ein leeres Ordenskissen nachtragen ließ.

Ein berühmtes Foto zeigt ihn an einem Februartag in einer grauen Strickjacke, während hinter ihm über einem Ofen an einer Leine seine Wollsocken zum Trocknen hingen. Das wäre für sich gesehen bereits kurios gewesen, doch er war nicht alleine, sondern befand sich in Begleitung des Bundespräsidenten Theodor Heuss, der ihn aufgesucht hatte. Auch das zeigt, welche Wertschätzung ihm entgegengebracht wurde. Da er im Nebenberuf Bauer war und blieb, zeigte er seinem hohen Besuch, dem er sich freundschaftlich verbunden fühlte, seinen Stall, in dem nicht nur zwei oder drei Kühe standen, sondern auch der Ochse Heinrich. Als er nun sah, wie Theodor Heuss ihn hingebungsvoll zwischen den Hörnern kraulte, gab er feierlich bekannt, der Ochse trage fortan den Namen Theodor. Es heißt, der Bundespräsident habe sich über die Umbenennung köstlich amüsiert.

Am liebsten saß er abends in dem kleinen Dachzimmer seines Borgfelder Siedlungshauses und las oder schrieb. Gesellschaftliche Vergnügungen mochte er nicht. Am meisten aber graute ihm davor, wenn er selbst gefeiert werden sollte. Um dem verhassten »Brimborium« um seine eigene Person zu entgehen, trat er oft die Flucht an – wie etwa anlässlich seines 70. Geburtstags, an dem er sich kurzerhand abseilte und auf eine Seereise mit unbekanntem Ziel begab, um den Gratulationen aus dem Weg zu gehen.

Sein Ochse Heinrich, pardon, Theodor, spielte in seinem Leben noch öfter eine Rolle. Als er nach dem Zweiten Weltkrieg, dem sein ältester Sohn zum Opfer fiel, von einem amerikanischen General mit ordenübersäter Brust Besuch erhielt, war er gerade beim Pflügen. Anstatt dem Offizier zu antworten, soll er laut »Hüüüh« gesagt und den verwunderten Besucher in der Furche stehengelassen haben. Und auch wenn diese Geschichte womöglich nur erfunden wurde, würde sie zu ihm passen.

WER IST ES?

Auflösung auf Seite 142

Das braune Gold des Peitschenkäufers?

Der Skandal war perfekt. Da erdreistete sich dieser Typ doch tatsächlich, eigenmächtig 25 Pferdepeitschen zu kaufen! Damit war er für das Unternehmen untragbar geworden und schied als Gesellschafter der »Bremer Pferdebahn AG« aus. Doch er ließ sich davon keineswegs unterkriegen: Wenig später gründete er Pferdebahnen in Bremerhaven und Nürnberg. Er war ein Unternehmer aus Leidenschaft und wie sich zeigte, verstand er es, aus Schiete Gold zu machen.

Bis er kam, stanken die Hinterlassenschaften der Bremer nämlich zum Himmel. Es heißt, dass die Geruchsbelästigung immer unerträglicher geworden war. Wenn die Exkremente nicht einfach auf die Straßen gekübelt wurden, entledigte man sich ihrer auf Lagerstätten, von denen sich eine auf der Bürgerweide, etwa am Standort des heutigen Freimarkts, befand. Doch als 1847 der »Hannoversche Bahnhof« (etwas westlich vom jetzigen Hauptbahnhof) gegründet worden war, störte die Geruchsbelästigung die Reisenden so sehr, dass Abhilfe geboten war. Und das rief ihn auf den Plan.

Er bot dem Senat an, sich um die Abfuhr der Exkremente zu kümmern und köderte ihn damit, dass er dafür sogar eine Lizenzgebühr zu zahlen bereit sei. Das ließ sich der Senat nicht zweimal sagen und sie kamen ins Geschäft. Er stellte der Bevölkerung für ihre Hinterlassenschaften insgesamt 30.000 Eichenfässer zur Verfügung, die er von seinen Leuten abholen ließ. Trotz der Lizenzgebühr war er mit diesem Unternehmen in nur wenigen Jahren ein gemachter Mann und hatte genug Geld, um es in Pferdebahnen zu investieren.

Als Gründer des öffentlichen Nahverkehrs ist dem Bremer Unternehmer in Nürnberg eine Straße gewidmet worden. Doch auch in Bremen ist er unvergessen, nicht nur wegen einer nach seinem Hof benannten Straße, sondern vor allem wegen seines Spitznamens.

WER IST ES?

Auflösung auf Seite 143

Zum Schreiben gezwungen?

Sie ist eine der ganz Großen. Ihre Bücher wurden in mehr als fünfzig Sprachen übersetzt und wiederholt verfilmt, unter anderem mit Bruno Ganz. Eine traumhafte Landschaft trägt den Namen ihrer Hauptfigur, ebenso eine Autobahnraststätte. Keine Frage: Die Frau ist gut, und ihr Werk ist für die Tourismusindustrie ihres Landes unbezahlbar. Was allerdings kaum jemand weiß: Ihr Erfolg hatte einen Geburtshelfer – und der kam aus Bremen. Sein Name: Cornelius Rudolph Vietor, seit 1854 erster Pastor an der Liebfrauenkirche zu Bremen.

Dass sie ausgerechnet von ihm zum Schreiben gebracht wurde, hängt mit zahlreichen Zufällen zusammen. Kennengelernt hatten sich beide anlässlich eines einjährigen Studienaufenthaltes seiner 19-jährigen Tochter Helene, die bei seinem alten Studienfreund, dem Juristen Hans Heinrich Spoendlin, in der 842 Kilometer entfernten Stadt untergekommen war. Die Gesuchte, Ehefrau eines Rechtsanwalts und Journalisten, war damals schon 39 Jahre alt und lebte ganz in der Nähe. Schriftstellerisch war sie bis dahin noch nicht in Erscheinung getreten. Ihre Mutter war mit dem Bremer Johann Wichelhausen verwandt und mit Pastor Vietor befreundet. So fügte sich alles aufs Beste.

Sie kam öfter nach Bremen und Pastor Vietor zog es wiederholt in ihre Heimatstadt. Er war von der hier Gesuchten so begeistert, dass er noch Jahre später in seinen »Erinnerungen« vermerkte: »Welche reiche geistige Begabung und welch frischer und fröhlicher Humor.« Aufgrund ihrer Fabulierlust war er davon überzeugt, dass sie schriftstellerische Qualitäten besaß und bedrängte sie regelrecht, diese zu Papier zu bringen. Und so geschah es dann auch. Pastor Vietor sah sich bestätigt und ließ ihre Geschichten in Bremen von den Druckereien C. Hilgerloh und später dann C. E. Müller an der Obernstraße drucken.

Ihre erste Erzählung hatte 32 Seiten und hieß »Ein Blatt auf Vrony's Grab«. Sie wurde ein großer Erfolg, was man von den gleichfalls in Bremen erschienenen Erzählungen »Nach dem Vaterhaus«, »Aus früheren Tagen«, »Ihrer keins vergessen« und »Verirrt und gefunden« nicht unbedingt behaupten kann. Trotzdem ließ sie sich nicht entmutigen. Zehn Jahre später erschien das Buch, das ihr Weltruhm einbrachte. Persönlich traf es sie nicht so gut. Ihre Ehe war nicht glücklich. Wiederholt zog sie mit ihrem ständig arbeitenden Mann um, unter anderem auch ins »Bremerhaus« am Hirschgraben 6. Nach der Geburt ihres Sohnes Bernhard Diethelm, der später an Tuberkulose starb, litt sie jahrelang unter schweren Depressionen.

Der Erfolg ihres großen Werkes richtete sie auf. Im Oktober 1896 schrieb sie an ihre Nichte, sie habe von ihren schriftstellerischen Qualitäten nichts geahnt, »bis Vietor in Bremen mich mit Drohungen zwang, ihm etwas für sein Blatt zu schicken«.

WER IST ES?

Auflösung auf Seite 144

Das Scharniereisen?

Als eine Frau in Breslau eine Axt in seinen offenen Wagen schleuderte, zeigte sich der Kaiser nicht amüsiert. Zwar blieb er unverletzt, seine schlechte Laune war jedoch kaum zu ertragen. Entsprechend aufgewühlt zeigte er sich, als wenig später in Bremen ein ähnliches Attentat auf ihn verübt wurde. Und dabei hatte alles so schön begonnen …

Wie so oft hatte er am 6. März 1901 im Rahmen seiner Fahrten nach Wilhelmshaven einen Kurzbesuch in Bremen eingeschoben. Alles war bestens vorbereitet: Der Sonderzug kam pünktlich an. Bürgermeister Schultz empfing Seine Kaiserliche Hoheit auf dem Perron. Das Fürstenzimmer im Bahnhof war festlich geschmückt. Der rote Teppich war ausgerollt. Vor dem Bahnhof stand ein eleganter offener Victoriawagen aus Bremer Produktion. Die Pferde waren sorgfältig gestriegelt. Während ihn die Kutsche zum Ratskeller brachte, wurde er von begeisterten Menschenmassen bejubelt. »Illuminationen mit Beleuchtungskörpern und Kunstflammen« säumten, wie die Bremer Nachrichten berichteten, seinen Weg. Hübsche Frauen überreichten Blumen. Im Senatszimmer wurde ein Imbiss gereicht. Die Gespräche mit ausgewählten Personen waren gewohnt unkompliziert. Nicht ohne Grund war Bremen, zunächst jedenfalls, eine seiner Lieblingsstädte. Doch als er nach etwa einer Stunde den Rückweg antrat, war schließlich nichts mehr wie zuvor.

Wieder benutzte er den offenen Victoriawagen. Langsam fuhr dieser, vom Rathaus kommend, gegen 22:15 Uhr den Domshof entlang und bog in die Buchtstraße ein. Die Bremer jubelten und warfen mit Blumensträußen. Plötzlich aber traf den Kaiser ein schweres Scharniereisen im Gesicht, das jemand statt Blumen aus der Menge heraus in seinen Wagen geschleudert hatte. Der Kaiser erlitt dadurch eine etwa fünf Zentimeter lange »taschenartige und stichförmige Wunde«, die nicht genäht werden konnte. Tagelang konnte er keine Audienzen mehr gewähren.

Die Zeitungen im In- und Ausland überschlugen sich mit Neuigkeiten und Spekulationen über den Attentäter. Die Bremer Bevölkerung befürchtete, dass sich ihre Stadt dadurch sämtliche Sympathien des Kaisers verscherzt hatte. Dieser soll in den darauffolgenden Tagen unausstehlich gewesen sein. Die Bremer Nachrichten schrieben am 7. März 1901: »Es ist wahrhaft traurig, daß ein solches Vorkommniß gerade in Bremen sich ereignen mußte, wo der Kaiser so gerne kurze Rast hält und sich so zwanglos bewegt.« Die Zeitung sprach den Bremern sicherlich aus dem Herzen, als sie ferner ausführte: »Undenkbar, was alles hätte passieren können. Eine gnädige Fügung hat es verhütet. Hoffentlich dürfen wir unseren geliebten Kaiser noch oft in unseren Mauern begrüßen.«

Immerhin konnte der Täter an Ort und Stelle gefasst werden.

WER IST ES?

Auflösung auf Seite 146

Abgehackt, doch unverwest?

In der katholischen Kirche wird sie noch heute als »Heilige« verehrt und die Abteikirche zu Werden an der Ruhr durfte sich glücklich schätzen, als Reliquie eine Hand von ihr erhalten zu haben, die noch Jahrhunderte später unverwest gewesen sein soll. Der Rest ihres Körpers soll im Bremer Dom unter einer gelben Steinplatte bestattet worden sein. Die Reformation hat jedoch alle Spuren verwischt.

Trotzdem ist sie in Bremen unvergessen. In Schwachhausen und in der Nähe ihres Anwesens erinnern Skulpturen an sie und eine Straße, eine Bank im Bürgerpark und ein See tragen ihren Namen, der im Althochdeutschen »die Erhabene« bedeutet. Passender hätte der Name nicht sein können. Sie muss eine vornehme Erscheinung, eine Grande Dame des Nordens gewesen sein, darüber sind sich alle einig. Nach dem frühen Tod ihres Mannes sah sie sich dem Gemeinwohl verpflichtet und trat auch als Friedensstifterin auf. Sie soll mit dem Bremer Bischof Unwan verwandt gewesen sein.

Ihre Popularität hat sie sicherlich auch Friedrich Wagenfeld zu verdanken, der ihr 1845 in seinen »Bremer Volkssagen« ein eigenes Kapitel widmete. Seither sehen wir sie vor unserem geistigen Auge mit ihrem Gefolge nach Bremen reiten, kerzengerade auf einem feurigen Wallach sitzend, in wallenden Kleidern, mit flatternden Bändern am roten

Hut. Und neben ihr den Schwager Benno, einen Geizhals im karierten Anzug, der mit finsterer Miene beobachtet, wie sie die arme Bevölkerung mit Wohltaten überhäuft und damit sein späteres Erbe schmälert.

Als ihr zu Ohren kam, dass es den Bremern an Weidefläche mangelte, sagte sie ihnen zu, dass sie ihnen so viel Land schenken wolle, wie ein Mann an einem Tag umrunden könne. Benno war außer sich. Immerhin ließ er sich das Recht einräumen, den Mann auswählen zu dürfen. Seine Wahl fiel auf einen scheinbar bewegungsunfähigen Krüppel. Doch er hatte seine Rechnung ohne diesen willensstarken Mann gemacht. Wie auch immer schaffte er es, ein riesiges Stück Land zu umrunden und damit den Bremern zu sichern: Die Bremer Bürgerweide, die jedoch weit größer war als das heutige Areal. Als Dank hat man ihn, so die Sage, zu Füßen des Rolands in Stein verewigt.

Ob die Geschichte vom Krüppel so stimmt, ist fraglich. Immerhin gibt es ein Rechtsgutachten, das belegt, dass das Weideland den Bremern gehört. Die große Gönnerin, die sich sogar »Senatorin« nennen durfte, hatte jedenfalls vor 1.000 Jahren gelebt und ist die erste namentlich erwähnte Bremerin überhaupt.

WER IST ES?

Auflösung auf Seite 147

Das Gesäß?

Er war schon ein netter Kerl und die Bremer, na ja, die meisten jedenfalls, freuten sich, dass er sich in ihrer Stadt niedergelassen hatte. Wo er auftauchte, gab's Spaß und so rissen sich die Kaufleute darum, die Stimmungskanone einzuladen, um das Grau des Alltags zu vertreiben.

Wenn sie beispielsweise nur daran dachten, wie er die resoluten Marktfrauen reingelegt hatte, konnten sie sich nicht mehr einkriegen vor Lachen: Erst hatte er die Bäuerinnen dazu veranlasst, ihre Milchkannen in einem großen Bottich zu entleeren, während er die Menge penibel aufschrieb – um ihnen sodann zu beichten, dass er kein Geld habe, in 14 Tagen aber wieder flüssig sei. Und wer nicht so lange warten wolle, solle sich die Milch aus dem Bottich zurückholen. Dann war er jedoch mitsamt der Aufzeichnungen über die jeweiligen Mengen verschwunden. Beim Versuch, sich ihre Milch schnell wieder zu sichern, gab es zwischen den Marktfrauen eine derbe Auseinandersetzung. Jede versuchte, soviel Milch wie möglich aus dem Bottich zu schöpfen, doch durch die Rangelei und die Schläge mit Kannen, Kellen und Fäusten fand sich ein Großteil der Milch auf ihrer Kleidung und dem Pflaster wieder.

Oder seine Wette mit dem Bremer Bischof … Geheim sollte es bleiben, dass er ihn nach allen Regeln der Kunst reingelegt hatte. Sogar einen fetten Ochsen hatte der Bischof ihm als Schweigegeld gegeben, doch in Bremen bleibt nichts geheim, damals wie heute. Dabei hatte er nur eine Marktfrau veranlasst, auf ein geheimes Zeichen hin ihre Ware, lauter Tongeschirr, zu zerschlagen – selbstverständlich gegen Zahlung. Doch der Bischof hatte an finstere Mächte geglaubt und ihm für die verlorene Wette 30 Gulden gezahlt. Was für ein Spaß!

Und sie, die würdigen Bremer Kaufleute, würden auf sowas nicht reinfallen. Sie nicht. Um ihren Spaß zu haben, nahmen sie ihn in ihrer elitären Vereinigung auf. Wie heutzutage auch, ging es bei ihr eigentlich nur darum, sich gegenseitig zum Essen einzuladen und schlaue Reden zu halten. Und wer sich am Mahl nicht beteiligte, der musste, so die Regel, als Spielverderber eine Art Strafgeld zahlen. Nachdem er sich bei den Zusammenkünften hemmungslos durchgefuttert hatte, kam auch er an die Reihe und musste die Mitglieder der Vereinigung beköstigen. Also besorgte er sich einen fetten Braten und legte ihn aufs Feuer. Als nun die hungrigen Gäste in seine Herberge kamen, zog er seine Hose runter, klemmte sich ein großes Stück Butter zwischen seine Pobacken und drehte sie dem Feuer zu, sodass die schmelzende Butter auf den Braten tropfte. Aus welchem Grunde auch immer, an diesem Abend nahm keiner am feierlichen Mahl teil. Glaubt man der Überlieferung, so sagten die Gäste: »Der Teufel sei dein Gast, wir essen deinen Braten nicht!«, zahlten das Strafgeld und gingen mit knurrendem Magen nach Hause.

WER IST ES?

Auflösung auf Seite 148

Matthäus' Arm?

Als er am 12. Oktober 1941 im Bremer Dom den Gottesdienst abhalten wollte, stand er vor verschlossenen Türen. Man hatte ihn ausgesperrt! Doch so schnell gab er nicht auf. Zornentbrannt ließ er von einem Schlosser eine Nebentür öffnen, sodass seine Anhänger auf den harten Bänken des Doms Platz nehmen konnten. Es stellte sich jedoch heraus, dass auch die Tür zur Kanzeltreppe versperrt war. »Wie ein Wildgewordener«, so heißt es in den Überlieferungen, sprang er daraufhin gegen die geschnitzte Brüstung und kletterte von außen auf die Kanzel. Dabei ging der hölzerne Arm des Apostels Matthäus zu Bruch. Immerhin trug er bei seiner Kletteraktion keinen Talar, sondern, wie bei »Deutschen Christen« üblich, einen blauen Anzug, der wie eine SS-Uniform geschnitten war, was das Klettern erheblich erleichterte.

Anschließend hielt er eine Predigt, die sich gewaschen hatte. In markigen Worten beschimpfte er seine Gegner als Reaktionäre und Staatsfeinde. Dann kletterte er wieder an der Außenseite der Brüstung herab.

Drei Tage später folgte der nächste Eklat: Als er zum Frauennachmittag in die »Glocke« wollte, hatte die Domverwaltung auch dort die Türen versperrt. Er schäumte vor Wut. Erst drohte er einem Angestellten damit, ihn verhaften zu lassen, falls er die Türen nicht unverzüglich öffnen würde, dann versuchte er, sie gewaltsam einzutreten. Als auch das misslang, ging er aufgebracht auf die Straße, wo er auf zwei Mitglieder des Kirchenvorstandes traf. Nach einem kurzen Wortgefecht packte er einen von ihnen am Kragen, woraufhin sich dieser mit einem Schirm zur Wehr setzte. Der Menschenauflauf war beträchtlich. Schließlich traten Polizisten in Aktion, die die Personalien der Streithähne aufnahmen. Doch das war noch nicht alles.

Am darauffolgenden Sonntag, dem 19. Oktober desselben Jahres, versuchten Anhänger von ihm, einen jungen Pastor festzuhalten, damit er vor dem Gottesdienst eine Ansprache halten konnte. Dem jungen Pastor gelang es jedoch, auf die Orgelempore zu fliehen und die Gemeinde zu beschwören, den Dom zu verlassen, was diese natürlich nicht tat, um nichts zu verpassen. Daraufhin setzte der hier Gesuchte zu einer Ansprache an, kam jedoch nicht weit, weil der Organist beherzt in die Tasten griff und ein Orgelstück nach dem anderen spielte, bis der Redner das Feld räumen musste.

Was folgte, waren Strafanzeigen wegen Beleidigung, Körperverletzung, versuchter Untreue, Freiheitsberaubung, Beamtennötigung, Hausfriedensbruchs und Verhinderung sowie Missbrauchs des Gottesdienstes. Jemand wie er ließ sich durch solche Bagatellen jedoch nicht davon abhalten, seinen Anspruch auf die Führerschaft zu erzwingen. Dazu gehörte auch, die seinetwegen anberaumte Sitzung des Disziplinarausschusses zu sprengen und Gottesdienste Abtrünniger zu stören.

Am 9. November verdrängte er einen Pastor in der St. Michaelis-Kirche gewaltsam vom Altar, einen anderen sperrte er in der Sakristei ein. Um den Sonntagsgottesdienst im Dom abhalten zu können, besetzte er ihn nach der Mittwochsmotette mit etwa dreißig Anhängern mit Decken, Kissen, Kerzen und Proviant und ließ sich unter der Kanzel und in der Ostkrypta nieder, bis er unter dem Vorwand, gegen die Luftschutzvorschriften verstoßen zu haben, arrestiert wurde. Zwischendurch sandte er Hilfegesuche nach Berlin, die jedoch ungehört verhallten, weil sein geliebter »Führer« anderes zu tun hatte.

Er hätte mit Sicherheit nicht aufgegeben, wenn ihm nicht sein eigener Scheidungskrieg in die Quere gekommen wäre, der die interessierte Öffentlichkeit mit pikantesten Details über sein Sexualleben versorgte. Nachdem er seine junge Geliebte zum Meineid angestiftet hatte, wurde er zu zweieinhalb Jahren Zuchthaus verurteilt, die er in der Strafanstalt Bremen-Oslebshausen verbüßte.

WER IST ES?

Auflösung auf Seite 149

Ein barocker Typ?

»Bremsnalvsetz«

WER IST ES?

Auflösung auf Seite 150

Flambierter Stolz?

Sie war nicht nur schöner als ihre Schwestern, sondern auch schneller. Als sie eine internationale Auszeichnung errang, stand Bremen kopf. Umso trauriger, dass ihr Dasein so grauenhaft endete – nachdem sie so einige brenzlige Situationen überstanden hatte.

Sicher, ihr eifersüchtiger Gebieter hatte damit gedroht, sie anzünden oder ertränken zu wollen, falls sie fremdgehen würde. Doch sie hatte keine fremden Männer an sich herangelassen und sich sogar in unscheinbares Grau gehüllt, um nicht entdeckt zu werden. Umso tragischer war es, dass sie das nicht hatte retten können. Sie fand ihr frühes Ende, indem sie nicht nur angezündet, sondern auch ertränkt wurde. Verantwortlich dafür war der erst 17-jährige Gustav Schmidt, der sich für eine Ohrfeige rächen wollte, die ihm der eifersüchtige Gebieter verpasst hatte.

Dass er dafür zum Tode verurteilt und hingerichtet wurde, vermochte sie nicht wieder zum Leben zu erwecken. Sie ist unvergessen. Sogar Sonderbriefmarken zeigen ihren anmutigen Körper. Auch in Filmen wird der Frage nachgegangen, ob es vielleicht unbekannte Rädelsführer gegeben hat, die ihr den Garaus gemacht hatten.

WER IST ES?

Auflösung auf Seite 152

Mit Peitsche und schwarzen Stiefeln?

Am 23. Juni 1947 wurde das Urteil vollstreckt. Die Schlinge wurde dem Bremer um den Hals gelegt. Eine Klappe öffnete sich. Sein Körper fiel in die Tiefe. Ein Knacken, ein Zappeln und er war tot. Vielleicht dauerte sein Todeskampf auch etwas länger. Genaueres weiß man nicht – jedenfalls endete sein Leben an diesem Tage. Danach wurde er in der Pathologie obduziert. Eine Medizinstudentin beschrieb, wie sie ihn dort vorgefunden hatte: Ein unscheinbarer Mann mittleren Alters, nackt, mit gelber, ledriger Haut und schmächtigem Körper. Unvorstellbar, dass er einmal Herr über Leben und Tod war.

Ihm unterstanden 250 Mitarbeiter der Ghettoverwaltung und der Judenrat. Und er hatte alles im Griff. Zunächst war es seine Aufgabe, sich des Vermögens der Juden zu bemächtigen. Dann mussten die Ghettobewohner unter erbärmlichsten Bedingungen Schwerstarbeit in Fabriken leisten. Produziert wurde vor allem für die Wehrmacht, aber auch für Privatbetriebe. Der Profit war enorm, doch Hunger und Seuchen beeinträchtigten die Arbeitskraft der Ghettobewohner. Zwischen 1940 und 1944 starben allein im Ghetto 43.000 Menschen. Hinzu kamen die rechtlosen »Zigeuner«, die in Vernichtungslager deportiert wurden, ebenso wie nutzlose Kinder unter zehn Jahren und Alte und Kranke. Später sollten die übrigen Bewohner folgen. So war der Plan.

Da Deportationen für seine Mitarbeiter anstrengend waren, zeigte er sich ihnen gegenüber generös. In einer Akte, in der es um eine Deportation ins Vernichtungslager Chelmno ging, vermerkte er am 29. Juni 1942: »Den bei der Sonderaktion eingesetzten Leuten der Ghettoverwaltung wird […] eine Gefahrenzulage von täglich RM 6.0 bewilligt.«

Er selbst war dafür berüchtigt, dass er sich mit einer Peitsche Respekt verschaffte und in die Menge schoss. Als ihm ein Deportierter mitteilte, dass sich unter den Selektierten seine Mutter und seine Tochter befänden, ließ er ihm die Wahl, sich zwischen einer von beiden zu entscheiden. Wie viele Menschen er tatsächlich persönlich umgebracht hat, ist nicht bekannt. Die Rede ist von zehn Menschen, darunter fünf Kinder. Einen Juden, der beim Laufen gestürzt war, soll er erschossen haben, um sich anschließend seiner Menschlichkeit zu rühmen, weil er ihn nicht länger habe leiden lassen. Auch von einer 16-jährigen Jüdin ist die Rede, der er ins Gesicht geschossen haben soll, bevor der Rest der Familie deportiert wurde. Das Leid war unermesslich.

Doch dann war der Krieg vorbei. Es gelang ihm, nach Bremen zu fliehen und im Umland unterzutauchen. Nachdem er von einem ehemaligen Ghettobewohner erkannt worden war, wurde er jedoch von den Alliierten nach Polen ausgeliefert. Am 30. April 1947 wurde er in Lodz zum Tode verurteilt und am 23. Juni 1947 hingerichtet. Was blieb, war und ist Fassungslosigkeit. Wie war es möglich, dass sich ein Bremer Kaufmann, der selbst Familie hatte und zumindest anfangs kein Judenhasser war, zu solchen Taten hatte hinreißen lassen? Eine Frage, die sich nicht beantworten lässt. Aufgewachsen war er in Bremen. Sein Vater war für eine Versicherung tätig. Er absolvierte nach der Realschule in der Bremer Niederlassung einer Stuttgarter Versicherung eine Lehre, bevor er sich zuerst im Getreide-, dann im Kaffeehandel engagierte. Er machte sich selbstständig und baute in Bremen eines der größten Import- und Exportunternehmen für Kaffee in Deutschland auf. Bei Ausbruch des Krieges hatte er fast 260 Angestellte. Sein Jahresumsatz lag bei etwa einer Million Reichsmark. Unter anderem betrieb er eine Kaffee-Großrösterei in Schwachhausen, genauer: in der Riensberger Straße 30–32. Er selbst wohnte mit seiner Familie in einem malerischen Gebäude in Horn. Wie er dazu kam, ausgerechnet die Leitung eines Ghettos zu übernehmen, ist unbekannt, zumal er sich der NSDAP gegenüber zunächst abwartend-distanziert verhalten hatte.

Angeblich soll er den Chef des SS-Sicherheitsdienstes Reinhard Heydrich gekannt haben. Es ist aber auch möglich, dass ihn Bremer NSDAP-Größen dazu überredet hatten. Am 1. Mai 1940 wurde er mit 37 Jahren zum Leiter der Ernährungs- und Wirtschaftsstelle des Ghettos bestellt. Er selbst ging davon aus, dass seine Tätigkeit nicht von Dauer sein würde und übte sie zunächst nur ehrenamtlich aus, vielleicht auch, um sich dem Wehrdienst zu entziehen.

WER IST ES?

Auflösung auf Seite 153

Drei kleine Klassenkämpfer?

Von den sieben führenden deutschen Kommunisten, die während der NS-Diktatur im Moskauer Asyl gelebt hatten, wurden fünf ermordet. Nur zwei, beide gelernte Tischler, kamen mit dem Leben davon. Er war einer von ihnen. Seine Tischlerlehre absolvierte er von 1890 bis 1896. Anschließend kam er nach Bremen, wo er als SPD-Mitglied den Schliff für eine erfolgreiche politische Zukunft bekam. Später bezeichnete er diese Zeit als die eigentlichen »Lehrjahre des Sozialismus«. Nach vierzehn Jahren verließ er die Stadt wieder und der Abschied fiel ihm alles andere als leicht. Doch Berlin rief.

Er war 20 Jahre alt, als er nach Bremen kam, um als Tischler sein Auskommen zu finden. Ein Jahr später lernte er bei einer Tanzveranstaltung im »Tivoli« An der Weide, dem späteren UT-Kino und jetzigen Gewerkschaftshaus, eine junge Schneiderin kennen und lieben: Christine war das sechzehnte Kind einer Zigarrenmacherfamilie, die nach einem »Biographischen Abriß«, der anlässlich seines 100. Geburtstages in der DDR erschien, »in einer mit Schilf gedeckten windschiefen kleinen Kate Am Schwarzen Meer 76« lebte. Offenbar weckte der Straßenname die sozialistische Fantasie der Biografen, da es an dieser Stelle, eingefleischte Bremer wissen das, schon damals weder eine Kate noch ein Meer gegeben hatte. Am 28. Mai heiratete das junge Paar und wohnte zunächst in einer kleinen

Stube bei ihren Eltern. Insgesamt zogen die zwei noch sechsmal innerhalb Bremens um.

Ob die Ehe glücklich war, ist nicht bekannt. Seine Biografen behaupten das, auch wenn er selbst berichtete, dass es zwischen seiner Frau und ihm »manchen Krieg« gegeben habe, weil er ständig für die Partei im Einsatz gewesen sei. Doch die Partei sei seine wahre Familie gewesen, und das habe er seiner Frau erst einmal beibringen müssen. Seine Frau zeigte sich gelehrig und schenkte der Partei in kürzester Zeit drei kleine Klassenkämpfer: Elly, Arthur und Eleonore, allesamt in Bremen geboren.

Während der Bremer Jahre – vierzehn insgesamt – ging es mit seiner Parteikarriere steil bergauf. Zuerst wurde er Hauskassierer, dann Stadtbezirksvorsitzender und Vorsitzender der örtlichen Zahlstelle des Holzarbeiterverbandes, schließlich gar Delegierter des Bremer Gewerkschaftskartells und Mitglied der Bremischen Bürgerschaft. Endgültig finanziell abgesichert war die Familie, als ihm – hauptamtlich – der Posten des Ersten Sekretärs der Bremer SPD angetragen wurde. Er kannte in der Partei jeden und war bestens vernetzt.

Auch nach seinem Umzug in die Hauptstadt knüpfte er weitere wertvolle Kontakte zu einflussreichen Genossen, musste zwischendurch untertauchen, wurde mit Rosa Luxemburg und Karl Liebknecht festgenommen, landete jedoch nicht ermordet im Landwehrkanal oder als unbekannte Leiche in einer Rettungswache – angeblich, weil er den Häschern wichtige Informationen zur Verfügung gestellt hatte.

Schließlich wurde er sogar Vorsitzender der mittlerweile zwangsvereinigten Partei und Präsident eines nahen und doch sehr fernen Staates.

Bis zu seinem Tod residierte er in einem Schloss, das zuvor der Königin Elisabeth Christine, Ehefrau Friedrichs des Großen, als Sommersitz gedient hatte.

Über ihn wurden Dokumentarfilme gedreht, Gedenkmünzen und Briefmarken zeigten sein Konterfei, Straßen wurden nach ihm benannt, ebenso seine Geburtsstadt und ein Segelschulschiff. Gedichte rühmen sein Wirken. Bertolt Brecht schwärmte von ihm. Er hatte es geschafft: Er war endlich wer. Und die Partei nährte ihn bis an sein seliges Ende. Nur in der Stadt, in der er vierzehn Jahre als Parteifunktionär gewirkt hatte, erinnert nichts mehr an ihn.

WER IST ES?

Auflösung auf Seite 154

Die Nichte des Attentäters?

Die erste Kugel traf einen Baum, die zweite streifte den König leicht am Hals. Zwanzig Jahre Zuchthaus erhielt der 22-jährige Student für das Attentat, das sich am 14. Juli 1861 in der Lichtenthaler Allee von Baden-Baden zutrug. Nach fünf Jahren wurde er mit Einwilligung des Königs begnadigt, zwei Jahre später starb er mit gerade einmal 29 Jahren in Alexandria.

Seine Nichte, deren Name gesucht wird, wurde kaum älter als er, gerade einmal 31 Jahre. Dabei hätte das Schicksal sogar noch früher zuschlagen können, als sie mit ihren beiden Cousinen, sie war damals 10 Jahre alt, in einer Sandgrube spielte und verschüttet wurde. Eine der beiden Cousinen, Cora, erstickte. Sie aber wurde gerettet.

Zwei Jahre später zog die Familie nach Bremen und wohnte in der damaligen Schwachhauser Chaussee 292. Sie wollte unbedingt Malerin werden, allerdings fehlte das Geld für eine Kunstausbildung und ihr Vater zweifelte an ihrem Talent. Also absolvierte sie auf seinen Wunsch hin eine Ausbildung als Lehrerin, die sie mit guten Ergebnissen abschloss. Trotzdem galt ihre große Liebe der Malerei.

Sie übte bei jeder Gelegenheit und nahm Malunterricht, wann und wo immer es ging. Eine Erbschaft und die finanzielle Unterstützung eines Stiefonkels sorgten zwischenzeitlich für Entspannung. Sie zog in ein kleines Dorf nahe

Bremen, wo die ansässigen Bauern sich sehr über die abgedrehten jungen Leute wunderten, die im Sommer nackt in den Fleeten badeten und keiner ehrbaren Arbeit nachgingen. Sie selbst fühlte sich in diesen Kreisen aber außerordentlich wohl und konnte sich ganz auf das Malen, vor allem von Menschen, konzentrieren.

Die finanzielle Situation ihrer Eltern verschlechterte sich unterdessen zunehmend, sodass sie sogar ihr Haus verkaufen und in die Wachtstraße 43 umziehen mussten. Ihrer Tochter warfen sie vor, egoistisch zu sein, und verlangten von ihr, dass sie endlich etwas Vernünftiges machen solle, damit sie keinem mehr auf der Tasche liege. Oder endlich heiraten, um abgesichert zu sein.

Und tatsächlich: Geld verdiente sie mit ihrer Arbeit nicht, nicht einmal mit ihrer ersten Auftragsarbeit, für die sie mit ihrer Freundin Clara unter der Emporendecke der Dorfkirche Putten und in den Zwickeln der Säulen Blumenornamente malte. Möglicherweise lag es daran, dass es sich um eine Strafe für das unbefugte Läuten der Kirchenglocken handelte, wodurch die jungen Frauen Feueralarm ausgelöst hatten.

Obwohl der wirtschaftliche Erfolg ausblieb, malte sie wie eine Besessene. Den Grund vertraute sie ihrem Tagebuch an: »Ich weiß, ich werde nicht sehr lange leben. Aber ist das denn traurig. Ist ein Fest schöner, weil es länger ist? Und mein Leben ist ein Fest, ein kurzes, intensives Fest … Und wenn nun die Liebe mir noch blüht, vordem ich scheide, und wenn ich drei gute Bilder gemalt habe, dann will ich gern scheiden mit Blumen in den Händen und im Haar.«

Zu Lebzeiten konnte sie gerade einmal fünf Bilder verkaufen, zwei davon an gönnerhafte Freunde. Auch fanden nur zwei Ausstellungen statt, die erste in der Bremer Kunsthalle. Ihre Bilder mussten dort jedoch vorzeitig entfernt werden. Angewidert schrieb ein gewisser Emil Fitger, Chefredakteur der Weser-Zeitung und Bruder des Malers Arthur Fitger: »Für die Arbeiten der beiden genannten Damen [gemeint waren eine andere Malerin und sie] reicht der Wörterschatz einer reinlichen Sprache nicht aus und bei einer unreinlichen wollen wir keine Anleihe machen.« Auch die Nationalsozialisten beschimpften ihr Werk später als »Verhöhnung der deutschen Frau und des Bauerntums«. Und nicht einmal Ihr Mann vermochte sich mit ihrer Kunst anzufreunden. Ihre Menschenbildnisse hätten »Hände wie Löffel, Nasen wie Kolben, Münder wie Wunden, Ausdruck wie Cretins«, vertraute er seinem Tagebuch an. Nur die Farben seien phänomenal.

Sie war ihrer Zeit voraus. Besonders häufig malte sie sich selbst, gerne auch nackt. Es heißt, sie habe so die ersten Akt-Selbstbildnisse einer Frau in der Kunstgeschichte geschaffen. Unvorstellbar, was sie noch alles hätte bewerkstelligen können, wenn sie nicht am 20. November 1907 gestorben wäre.

»Wie schade«, sollen ihre letzten Worte gewesen sein. Ihre Tochter Mathilde, bei deren Geburt sie starb, überlebte und wurde fast 91 Jahre alt.

WER IST ES?

Auflösung auf Seite 155

Der Engel von Bremen?

Ausgerechnet an ihrem 43. Geburtstag griff die Staatsgewalt zu und kerkerte die Gesuchte ein. Ihr Vermieter, ein gewisser Johann Christoph Rumpff, war es, der die verwitwete Frau ans Messer lieferte. Obwohl oder vielleicht gerade weil die Ermittlungsbehörde Stillschweigen wahrten, ging nach der Festnahme die Fantasie mit der bremischen Bevölkerung durch. Kein Tag verging, an dem nicht neue Gerüchte über Untaten aufkamen, die die Festgenommene begangen haben sollte, und auch die Tagespresse beteiligte sich genüsslich an den Spekulationen.

Drei Jahre musste die Inhaftierte in der winzigen Zelle Nr. 38 des Detentionshauses am Wall ausharren. Ihren eigenen Aufzeichnungen sowie den Vernehmungsprotokollen ist zu entnehmen, dass die Zeit für sie ein Martyrium gewesen sein muss. Sie wurde allnächtlich von der Vision heimgesucht, dass sie neben einer verwesten Leiche in einem Grab mit kochend heißem Wasser übergossen werden sollte.

Bevor sich das Blatt gegen sie gewendet hatte, war sie beliebt und wurde wegen ihrer Wohltaten sogar als »Engel von Bremen« gerühmt, jedenfalls bis sich ihre Schulden häuften. Die Bremer mochten sie, vor allem die Männer, zumal sie bildhübsch und für Sinnesfreuden aller Art empfänglich gewesen sein soll, sodass es furchtbar für sie gewesen sein muss, dass ihr nach der Festnahme keiner mehr zur Seite stehen wollte.

Ihr Zwillingsbruder Johann war, wie auch der Rest der Familie, umgekommen und andere Fürsprecher gab es nach den ungeheuerlichen Gerüchten nicht mehr. Die letzten drei Jahre ihres Lebens war sie völlig isoliert. Allein zu dem Ermittler, dem Juristen Dr. Franz Friedrich Droste, entwickelte sich während der Haft ein Vertrauensverhältnis. Als ihr Ende gekommen war, bereitete Dr. Droste sie darauf vor, dass er in der Öffentlichkeit leider ein weniger freundliches Gesicht aufsetzen müsse.

Über ihren Fall wurde im In- und Ausland berichtet. Ein Hamburger Händler bot viel Geld dafür, die Inhaftierte auf dem Freimarkt zur Schau stellen zu dürfen – was ihm jedoch verwehrt wurde. Ein Buchdrucker aus der Catharinenstraße 36 verkaufte ein Fantasieporträt von ihr, bis der Schwindel aufflog. Ein Jahr später gelang es doch noch, ein echtes Porträt von ihr zu fertigen, das, angeblich für einen guten Zweck, als Steindruck feilgeboten wurde, um die Besucher gegen gutes Geld das Grauen zu lehren.

Noch heute ist die Gesuchte in aller Munde, doch wer glaubt, den Bremern bliebe angesichts ihrer Taten die Spucke weg, der irrt. Ein Grab existiert nicht. Kopf und Skelett, die von der Gesellschaft Museum am Schüsselkorb ausgestellt waren, wurden im Zweiten Weltkrieg ein Raub der Flammen. Ihre verschollenen Prozessakten tauchten dagegen 1987 in der DDR wieder auf.

WER IST ES?

Auflösung auf Seite 156

Die fette Gans?

Der lebenslustige Oberhausener wird keinem als Asket in Erinnerung bleiben. Dazu war das Leben zu schön und das »Pilsken« zu lecker. Er stand zu seinem Bäuchlein und empörte sich bis zuletzt über die humorlosen Fußballfunktionäre im grauen Anzug, die seiner Ansicht nach durch ihren Regulierungswahn den Sport zugrunde richteten. Schreiben des DFB benutzte er, heißt es, liebend gerne als Toilettenpapier, auch wenn sie nicht unbedingt hauchzart waren.

Wenn er auftrat, hat es stets »gemenschelt«. Dass er bis zum heutigen Tag nicht vergessen ist, hat er jedoch der schönsten Stadt des Nordens zu verdanken: Bremen.

Die erste Bundesligapartie, die er als Schiedsrichter leitete, fand am 27. August 1975 in Bremen statt. Werder besiegte damals Hertha BSC mit 3:2. Seinen Ruhm begründete jedoch ein anderes Spiel, das nur einige Wochen später, am 8. November 1975 im Weserstadion stattfand, nämlich die Partie Werder Bremen gegen Hannover 96. Es war seine dritte als Bundesliga-Schiedsrichter.

Um nicht vom Fleisch zu fallen, ließ er sich zuvor mit seinen beiden Linienschiedsrichtern in der Werder-Vereinsgaststätte Gänsebraten mit Rotkohl und Klößen servieren. Das fetttriefende Federvieh lag ihm jedoch so sehr im Magen, dass er zum Pils einen verdauungsfördernden Schnaps orderte, genauer: einen Malteser. Und dann noch einen und möglicherweise noch einen. Die Stimmung wurde immer ausgelassener, doch dann rief die Pflicht. Es heißt, er sei zunächst durch die Katakomben geirrt, um seine Kabine zu finden. Irgendwann habe er sie – mit fremder Hilfe – gefunden, sei jedoch plötzlich mit freiem Oberkörper wieder aufgetaucht, um den Geburtstag des Masseurs zu feiern. Seine Kabine habe nach Alkohol gerochen, erinnerte sich Werder-Präsident Franz Böhmert später. Und Werder-Legende Horst-Dieter Höttges will ihn kurzerhand komplett unter die Dusche gestellt und von oben bis unten mit Wick eingerieben haben, um den Alkoholgeruch zu übertünchen, während ein anderer eine Flasche Mundwasser organisierte. So präpariert stand er schließlich beschwingt auf dem Spielfeld und waltete seines Amtes. Seine Einlagen sollen die Zuschauer dabei wesentlich mehr erheitert haben als das fade Spiel gegen Hannover 96, das 0:0 ausging.

»Für die Einmannshow des Schiedsrichters hätten wir heute das Eintrittsgeld erhöhen müssen«, meinte der Werder-Präsident danach. Ganz besonders viel Aufsehen erregte er jedoch mit einer zuvor und auch danach nie wieder dagewesenen Entscheidung: Exakt nach 32 Minuten pfiff er die erste Halbzeit ab. Die Spieler waren perplex, die Zuschauer glaubten zu träumen und die Offiziellen haderten mit ihrem Schicksal. Nachdem bei ihm erfolgreich einige Überzeugungsarbeit geleistet worden war, pfiff er doch noch einmal an, um die erste Halbzeit 11 Minuten später und damit immer noch 90 Sekunden zu früh abzupfeifen. Später schrieb Böhmert in seinem Bericht an den DFB, der Gesuchte sei stark erkältet gewesen und habe auf Anraten des Vereinsarztes Hustensaft zu sich nehmen müssen, in dem sich ein wenig Alkohol befunden habe – daher die Fahne.

Der DFB zeigte sich ausnahmsweise großzügig und setzte ihn auch künftig als Schiedsrichter ein. So durfte er bis 1988 weitere 106 Bundesligapartien pfeifen, doch keine davon blieb so sehr in Erinnerung wie das Spiel vom 8. November 1975 im Weserstadion.

WER IST ES?

Auflösung auf Seite 158

!

Ein Hauch von Hollywood

ab Seite 5

Die hier gesuchte Kapitänstochter war Marita Lorenz, die am 18. August 1939 in Bremen geboren wurde.

Während einer Karibik-Kreuzfahrt 1959 verliebte sich die junge Marita in den Revolutionär Fidel Castro, der sie nach Kuba holte. Die Beziehung scheiterte jedoch, nachdem ihr Sohn am 15. Oktober 1959 noch vor der Geburt unter ominösen Umständen starb. In den Erinnerungen der Bremerin, die den Titel »Lieber Fidel« tragen, mutmaßt sie, dass ihr Drogen eingeflößt worden seien, die sie bewusstlos werden ließen. Zwischendurch sei sie immer wieder zu sich gekommen und habe sich in einem weißen Raum auf einem Tisch aus Metall wiedergefunden, in ihrem Arm habe eine Nadel gesteckt. Wieder aufgewacht sei sie in ihrer Hotelsuite in Havanna – ohne Kind im Bauch. Zur medizinischen Behandlung sei sie daraufhin in die USA geschickt worden, womit ihre Beziehung zu Fidel Castro endete.

In den USA wurde Marita vom CIA rekrutiert, um Castro 1960 zu vergiften. Auch ihre Mutter, die Amerikanerin Alice June Lorenz, soll im Zweiten Weltkrieg für CIA und Secret Service gearbeitet haben.

In den 1960ern unterhielt Marita zudem eine Beziehung zu dem im Exil lebenden venezolanischen Diktator Marcos Pérez Jiménez, aus der eine Tochter hervorging.

Über ihr bewegtes Leben und ihre große Liebe hat Marita bereits zwei Autobiografien geschrieben.

Mona Lisas Bruder

ab Seite 8

Bei dem stolzen Recken handelt es sich um den Bremer Roland, dessen hölzerner Vorgänger 1366 umgestürzt und verbrannt wurde. 1404 wurde der steinerne Roland errichtet – noch vor Baubeginn des Rathauses. Er gilt seither als Freiheitssymbol und soll die Unabhängigkeit Bremens bewachen. Daher sollte er während der französischen Besetzung Bremens auch nach Paris abtransportiert oder für den Bau einer Markthalle zerschreddert werden.

Im Zweiten Weltkrieg wurde er zum Schutz vor Bomben zunächst mit Holz verschalt und in Sand gebettet, später dann sogar eingemauert.

Bei umfangreichen Restaurierungen in den 1980ern wurde sein Kopf, der den Umwelteinflüssen nicht länger standzuhalten vermochte, durch eine Nachbildung ersetzt. Das Original ist im Bremer Focke-Museum zu bewundern. Zudem fand man bei diesen Arbeiten in seinem Inneren eine Kassette mit Nazipropaganda von 1938, die sogleich entfernt wurde. Auch das im Krieg verlorengegangene Gitter wurde wiedererrichtet, um den Roland vor Vandalismus zu schützen.

Weltweit findet man viele Roland-Figuren, der bremische gehört jedoch zu den ältesten – und laut den UNESCO-Experten vor allem auch zu den repräsentativsten und schönsten. Am 2. Juli 2004 wurde er gemeinsam mit dem Rathaus zum UNESCO-Weltkulturerbe erklärt. Und das kann nicht einmal die Mona Lisa von sich behaupten …

Mia san mia

ab Seite 10

Der Bremer, der nicht nur langjähriger Chefredakteur der Bremer Nachrichten und liberaler Bürgerschaftsabgeordneter war, sondern nebenbei auch dichtete und komponierte, war Georg Kunoth, geboren am 17. Februar 1863 in Bremen und gestorben am 9. September 1927 während eines Kuraufenthalts in Wiesbaden.

Sein heute noch bekanntestes Lied ist eindeutig das »Prosit der Gemütlichkeit«, ein »Allzeit-Wiesn-Hit«, wie es so schön heißt. Manch einer behauptet, ein Chemnitzer habe das Lied verfasst, doch das dürfte Teil einer ausgeklügelten bayerischen Verwirrungspolitik sein, um vergessen zu lassen, dass es in diesem Fall ausgerechnet die Bremer sind, die stolz für sich in Anspruch nehmen könnten: »Mia san mia!« – wenn ein so herausgepoltertes Statement nicht völlig der norddeutschen Zurückhaltung und dem bremischen Hanseatentum widerspräche …

Ein kühles Blondes und eine rote Badehose

ab Seite 12

Der Gesuchte, der mehr als ein Jahrzehnt in Bremen lebte und zuletzt eine Kneipe in der Neustadt geführt hatte, war Friedrich Ebert, der erste Reichspräsident der Weimarer Republik. Geboren wurde er am 4. Februar 1871 in Heidelberg. Im Mai 1891, also mit gerade einmal 20 Jahren, kam er nach Bremen und schlug sich zunächst mit Gelegenheitsarbeiten durch. Parallel dazu engagierte er sich politisch und machte in seiner Partei schnell Karriere.

1905 verließ er die Stadt wegen zahlreicher Unstimmigkeiten und des Eindrucks, in Bremen politisch nicht voranzukommen. Am 11. Februar 1919 wählte ihn die Weimarer Nationalversammlung zum ersten Reichspräsidenten.

Mehrere Aufstände und Putschversuche von rechts und links ließ er, teilweise mit Waffengewalt, niederschlagen.

Er starb am 28. Februar 1925 mit gerade einmal 54 Jahren in Berlin. Am 2. März desselben Jahres wurde, auf Anregung aus Eberts Testament hin, die nach ihm benannte, SPD-nahe Friedrich-Ebert-Stiftung gegründet.

Auf der Herrentoilette

ab Seite 15

Die Frau, die siebzehn Kinder großzog, einen Fußballverein sponserte und als ebenso erfolgreiche wie schlagfertige Fischhändlerin in Erscheinung trat, war das Bremer Original Johanna Lucie Henriette Flechtmann, geborene Hartig, besser bekannt als »Fisch-Lucie«. Sie wurde am 9. März 1850 in Bremen geboren und starb nach längerer Krankheit am 10. August 1921, natürlich ebenfalls in Bremen. Nachdem ihre erste Ehe nach kurzer Zeit scheiterte, heiratete sie den Schlosser Albert Flechtmann. 1890 trennte sie sich von ihm. Das Fischgeschäft wurde noch bis 1998 von ihrer Familie fortgeführt, zuletzt durch zwei ihrer Söhne. In der Bremer Neustadt ist ein Platz nach ihr benannt. Wer sich von der resoluten Frau ein eigenes Bild machen möchte, findet im Focke-Museum ein Porträt.

Baka Morena

ab Seite 18

Bei dem Gesuchten handelt es sich um den 1650 in Bremen geborenen Joachim Neander. Am Ende seines Theologiestudiums, er war gerade einmal 20 Jahre alt, kam er in der St. Martini-Kirche mit pietistischen Strömungen in Kontakt und beschloss, fortan ein frommes Leben zu führen. Er leitete Hauskreise und feierte als Hilfsprediger Gottesdienste, doch bekannt geworden ist er durch seine Kirchenlieder, die er nebenbei dichtete und teilweise auch komponierte. Sein berühmtestes Lied ist »Lobe den Herren«, das in zahlreiche Sprachen übersetzt worden ist.

Während seiner Düsseldorfer Zeit zog er sich oft in ein idyllisches Tal bei Mettmann zurück, das schließlich sogar nach ihm benannt wurde. Der Sage nach soll er dort während eines Sommers sogar brotlos in einer Höhle untergekommen sein – und zwar in genau jener, in der später die Knochen eines Urmenschen gefunden wurden. Dieser wurde nach seinem Fundort und somit nach unserem hier gesuchten Bremer »Neandertaler« genannt. Die Höhle existiert heute nicht mehr. Sie wurde 1890 zerstört, um Bausteine aus dem Fels zu hauen. Joachim Neander ist an einem Pfingstmontag, dem 31. Mai 1680, mit nur 29 oder 30 Jahren in Bremen gestorben, doch in seiner Musik lebt er bis heute weiter.

Im Kugelhagel

ab Seite 21

Auch wenn sein Name heute wohl (zugegebenermaßen) kaum noch bekannt ist, erlangte der 29-jährige Heinz Jacob Friedrich Ernst Schmidt am 20. Juni 1913 eine zweifelhafte Bekanntheit. An diesem Tag nämlich beging der arbeitslose Lehrer den ersten dokumentierten Schulamoklauf der Geschichte. Eigentlich stammte Schmidt aus Sülze in Mecklenburg-Schwerin, lebte aber seit wenigen Monaten in Bremen.

Er litt unter massivem Verfolgungswahn, hinter allem witterte er Verschwörungen der Jesuiten, die nach seiner Überzeugung die Weltherrschaft anstrebten. Er hatte ihnen bereits früher den Kampf angesagt, doch als er am Tag zuvor per Telegramm erfahren hatte, dass sein Vater, ein evangelischer Pastor, nach schwerer Krankheit in seiner alten Heimat gestorben war, standen für ihn die Schuldigen fest. Es war daher auch kein Zufall, dass er den Amoklauf an einer katholischen Schule unternahm.

Nach seiner Tat wurde Heinz Schmidt in die damalige Irrenanstalt »Ellen« gebracht, wo er 1932 an Tuberkulose starb. In Bremen erinnert heute nichts mehr an diese fürchterliche Tat. Es existiert nicht einmal ein Foto von Heinz Schmidt. Die Grundschule wurde im Zweiten Weltkrieg zerstört und an anderer Stelle wiederaufgebaut, ohne dass eine Erinnerungstafel an die Schrecken des 20. Juni 1913 erinnert. Auch die Gräber der kleinen Mädchen sind längst eingeebnet worden.

Die Spende des Totenladens

ab Seite 24

Das Bremer Original, das in der Neustadt zunächst mit einem Hunde- und später mit einem Eselskarren Grünzeug feilbot, war Metta Cordes, geb. Behrens. Allgemein wurde diese fleißige Frau jedoch nur »Mudder Cordes« genannt.

Sie wurde am 21. Dezember 1815 in Bremen geboren und starb kurz vor ihrem 90. Geburtstag am 16. Dezember 1905 in Delmenhorst.

Als ihr Esel Anton 1895 starb, war sie sich sicher: »Anton, bi usen Heiland seht wi us wedder.« Nach seinem Tod wurde Anton ausgestopft und den Besuchern des Städtischen Museums gezeigt. Leider hat das Exponat die Zeiten nicht überdauert.

Noch heute erinnern ein Weg in Gröpelingen und ein Bronzedenkmal in der Knochenhauerstraße, das 1987 von einem Urenkel, dem Bremer Bauunternehmer Karl Engeland, gestiftet worden war, an das einmalige Gespann.

Nackt auf Sylt

ab Seite 27

Der FKK-Liebhaber, der mit seiner Musik ein Vermögen verdient und dieses durch unseriöse Anlageberater wieder verloren hatte, war James Last, der am 17. April 1929 als Hans Last in Bremen-Sebaldsbrück zur Welt kam. Seine Liebe zur Musik hatte er wohl von seinem Vater Louis Last, der in seiner Freizeit als Musiker arbeitete. Sein Sohn Hans schaffte schließlich den großen Durchbruch: Er war der erfolgreichste Bandleader der Welt und lebte die letzten 30 Jahre seines Lebens in Florida.

Berühmt geworden war er durch seinen »Happy Party Sound«, der zwar von den sogenannten Musikfachleuten belächelt wurde, jedoch den Nerv der Zeit traf. Er beschämte die Experten, indem er es auf 17 Platin-Schallplatten, 207 Goldene Schallplatten, 6 Goldene Musik-Kassetten und 11 Silberne Schallplatten brachte und zudem zahlreiche Preise und Auszeichnungen erhielt. Trotzdem war sein Repertoire nicht nach jedermanns Geschmack. So kam es, dass ihm bei einer Aufführung in Moskau sogar der Strom abgestellt wurde.

James Last war für seine Bodenständigkeit und sein freundliches Auftreten bekannt. Er blieb zeitlebens ein »Bremer Jung«. Seine Handabdrücke finden sich seit dem 15. April 2005 in der »Mall of Fame« – der Lloyd-Passage in der Bremer Innenstadt.

Am 9. Juni 2015 verstarb James Last in Palm Beach in Florida.

Grauer Nebel

ab Seite 30

Der Mann, der vom begeisterten Sportler durch das Schicksal und über Umwege zum berühmten Schriftsteller wurde, ist Georg Droste.

Geboren wurde er am 13. Dezember 1866 in Bremen. Er wuchs in sehr bescheidenen Verhältnissen am Osterdeich auf. 1886 erblindete er aufgrund einer Sehnerventzündung. Zurück in Bremen begann er, sich zunehmend der Literatur zu widmen. Nachdem er sich mit seiner Erblindung arrangiert hatte, beeindruckte er durch seinen Humor und seine Fröhlichkeit. Er hoffte, durch seine positive Lebenseinstellung und seine Erfolge auch den vielen Kriegsblinden Mut machen zu können, die im Ersten Weltkrieg ihr Augenlicht verloren hatten.

Seinen größten schriftstellerischen Erfolg hatte er mit seinem autobiografisch gefärbten Roman »Ottjen Alldag un sien Lehrtied«.

Am 17. August 1935 starb er in Bremen. Auf dem Osterholzer Friedhof erinnert ein Grabstein an ihn.

Der Widerspenstigen Zähmung

Seite 32

Sie ist eine der bekanntesten Frauen in Bremen, auch wenn kaum jemand wirklich weiß, wer sie war: die Helene, nach der die berühmt-berüchtigte Helenenstraße benannt ist.

Ihr wenig bekannter voller Name war Helene Engelken. Die Witwe weigerte sich Ende des 19. Jahrhunderts, ihr Grundstück an den Bauunternehmer Carl Philip Weiland zu verkaufen, der eigentlich eine Stichstraße bauen wollte. Verärgert nannte er die Straße, die durch die vehemente Weigerung zur Sackgasse – der einzigen »echten« Sackgasse im Viertel – wurde, nach Fertigstellung 1873 Helenenstraße, was deshalb pikant war und ist, weil sie seit 1878 als Bordellstraße dient. Dagegen wandten sich besorgte Bürger, die um Sitte und Anstand bangten, obwohl für die Prostituierten strenge Regeln galten: Sie durften weder den Bürgerpark noch die Wallanlagen betreten und auch der Besuch von Theatern und Museen war ihnen ebenso wie das Halten von Tieren untersagt. Die Unterschriftenlisten der aufgebrachten Bürger können noch heute im Bremer Staatsarchiv eingesehen werden.

Der Hindenburg der Küche

ab Seite 33

Die am 3. Mai 1850 in Bremen geborene und am 23. Januar 1934 in Berlin gestorbene Unternehmerin und Frauenrechtlerin war Hedwig Heyl, Tochter des Kaufmanns Eduard Crüsemann, der als Mitbegründer des Norddeutschen Lloyds bekannt ist.

Sie hatte ihre Geburtsstadt für ihren Ehemann, den Berliner Chemiefabrikanten Georg Heyl 1869 verlassen und lebte bis zu ihrem Tod als Butenbremerin in Berlin. Ihre letzte Ruhe hat sie auf dem Luisenfriedhof II in Berlin gefunden.

Ihr Ansehen hat jedoch durch ihre, von Historikern später entdeckten, rigoros rassistischen Ansichten, vor allem in Zusammenhang mit den deutschen Kolonien, sehr gelitten.

Ein dicker, roter Hals

ab Seite 36

Der Gesuchte, der nach dem Krieg als einfacher Soldat in Bremen stationiert war, ist der italoamerikanische Schriftsteller Mario Puzo. Er wurde am 15. Oktober 1920 in New York geboren und starb am 2. Juli 1999 in Bay Shore auf Long Island. Puzo war 26 Jahre alt, als sich im Polizeihaus am Wall eine tragische Explosion ereignete, der vier US-Amerikaner und 41 Deutsche zum Opfer fielen. Seine Eindrücke verarbeitete er in seinem ersten Roman »Die dunkle Arena«.

Weltbekannt geworden ist Mario Puzo vor allem durch sein Mafia- Familienepos »Der Pate« (»The Godfather«) von 1969, das vom Regisseur Francis Ford Coppola verfilmt worden ist. Für die Drehbücher zu »Der Pate« und »Der Pate Teil II« erhielten beide in der Kategorie »Bestes adaptiertes Drehbuch« einen Oscar.

Zwei Leben

ab Seite 39

Es war kein Geringerer als Friedrich Engels, der als junger Mann einige Jahre in Bremen gelebt hatte. Geboren wurde er am 28. November 1820 in Barmen. Am 11. August 1838 kam er mit 17 Jahren nach Bremen, um eine kaufmännische Ausbildung im Handelskontor von Heinrich Leupold zu absolvieren.

Berühmt wurde er durch seine legendäre Zusammenarbeit mit Karl Marx, mit dem er die als Marxismus bezeichnete Gesellschafts-und Wirtschaftstheorie entwickelte. Sein Konterfei befand sich, oft überlebensgroß, mit dem von Marx, Lenin, Stalin und teilweise auch Mao auf Plakaten und Bannern, um für die sozialistische Idee zu werben.

Der »junge Engels«, dem wir in seinen Bremer Briefen begegnen, hat scheinbar nichts mit dem Ideologen gemein, als den wir Friedrich Engels heute zu kennen meinen. Er ist liebenswert und humorvoll und zeigt sich vor allem in den Briefen an seine Schwester als genialer Beobachter, der sich nicht scheut, auch Unbequemes zu äußern – worin dann an einigen Stellen eben doch schon der Mann durchscheint, der die gesellschaftlichen Auswüchse seiner Zeit kritisch unter die Lupe nahm und dagegen aufbegehrte. Dem Mann, der am 5. August 1890 in London starb und heute zu den großen Figuren der Weltgeschichte zählt.

Die Venus von Hemelingen

ab Seite 41

Mit bürgerlichem Namen hieß die Gesuchte Aloisia Wagner, doch bekannt wurde sie unter ihrem Künstlernamen: »Violetta – die Frau ohne Unterleib«.

1906 oder 1907 kam sie ohne Arme und Beine in Hemelingen zur Welt.

Nachdem sie 1924 in die USA emigriert war, machte sie als »halfwoman« Karriere. Sie soll bildhübsch gewesen sein, was die wenigen vorhandenen Fotos bestätigen. Insbesondere überraschte sie das Publikum mit ihren körperlichen Fähigkeiten.

Wann und wo sie nach 1940 gestorben ist, konnte nicht ermittelt werden.

Ich wollt', ich wär ein Pferd

ab Seite 44

Als kleiner Junge wollte er ein Pferd werden, später dann Pastor – doch er wurde Bremer Bürgermeister: Henning Scherf. Geboren wurde er am 31. Oktober 1938 in Bremen. Obwohl er als Junge stotterte, entwickelte er sich zu einem guten Redner, der vorgefertigte Manuskripte verabscheute. Die Frau des ehemaligen Bundeskanzlers Helmut Schmidt, Loki Schmidt, nannte ihn einen »bremischen Patrioten«.

Wegen seiner Fähigkeit, auf Menschen zuzugehen, wurde er während seiner Zeit als Bürgermeister anerkennend »Menschenflüsterer« und »Omaknutscher« genannt.

Von 1978 bis 2005 gehörte er dem Bremer Senat an und amtierte ab 1995 als Bürgermeister und Präsident des Senats. Zuvor war er Mitglied der Bremischen Bürgerschaft. Nach seinem Ausscheiden aus der Politik engagiert er sich als Autor und bekleidet zahlreiche Ehrenämter. Unter anderem setzt er sich für die Deutsche Stiftung für Demenzerkrankte, für die Hilfsorganisation HelpAge Deutschland und Pan y Arte in Münster ein, ebenso für das Kinderhospiz Bethel.

Die Goldene Wolke

ab Seite 47

Bei der Gesuchten handelt es sich um Magdalene (genannt Matti) Carlotta Pauli, besser bekannt unter ihrem Pseudonym Marga Berck. Sie wurde am 4. November 1875 als Teil der Familie Melchers in Bremen geboren und starb mit fast 95 Jahren am 5. August 1970 in Hamburg.

Verheiratet war sie mit Gustav Pauli, dem Leiter der Kunsthalle Bremen, der 1914 die Leitung der Kunsthalle Hamburg übernahm, bis er dort wegen persönlicher Querelen, manche behaupten aus politischen Gründen, Hausverbot erhielt.

Geliebt hatte sie jedoch einen anderen Mann, sie nannte ihn »Percy«, den sie jedoch nicht heiraten durfte. Von ihrem Herzensleid zeugen die Briefe, die sie im hohen Alter unter dem Titel »Sommer in Lesmona« veröffentlichte. Das Buch wurde nicht nur ein Erfolgstitel, sondern von Radio Bremen auch unter der Regie von Peter Beauvais mit Katja Riemann in der Hauptrolle verfilmt. Ein jährlich stattfindendes Open-Air-Konzert der Deutschen Kammerphilharmonie Bremen in Knoops Park in Bremen-Nord erinnert an ihre glückliche Zeit der Verliebtheit.

Hals- und Beinbruch

ab Seite 49

Der Spieler, der nach dem Krieg in England als Torwart Karriere machte und mehr für das gute Verhältnis zwischen England und Deutschland getan hat als manch ein Politiker, ist Bert Trautmann.

Geboren wurde er am 22. Oktober 1923 in Bremen-Walle. Er wuchs in Gröpelingen auf, wo er auch Zeuge von Straßenschlachten wurde. Er trat in die NSDAP ein, nahm begeistert am Krieg teil, desertierte dann jedoch und kam in englische Kriegsgefangenschaft.

Als Torwart von Manchester City wurde er zunächst als »Traut, the Kraut« beschimpft, doch dann schaffte er es, die Kluft, die der Krieg zwischen Engländern und Deutschen geschlagen hatte, zu überwinden. Sein Genickbruch, den er sich 1956 während eines Finales zugezogen hatte, und der ihn nicht daran hinderte, bis zuletzt zwischen den Pfosten zu stehen, machte ihn weltberühmt.

Am 19. Juli 2013 starb er im Alter von 89 Jahren in seinem Haus im spanischen La Llosa bei Valencia an einem Herzinfarkt.

Der Schuh auf dem silbernen Tablett

ab Seite 52

Sein Werk »Über den Umgang mit Menschen« ist heute ebenso bekannt wie missverstanden: Adolph Freiherr Knigge wurde am 16. Oktober 1752 in Bredenbeck bei Hannover geboren. Seine Eltern starben früh und hinterließen ihm hohe Schulden. Trotzdem konnte er in Göttingen Jura studieren.

Ab 1771 war er in verschiedenen Anstellungen an adeligen Höfen tätig. 1773 heiratete er die Hofdame Henriette von Baumbach, auf deren Familiengut sie zunächst lebten, allerdings in mäßigen finanziellen Verhältnissen. Darum nahm er 1790 in Bremen das Amt eines Oberhauptmanns der britisch-hannoverschen Regierung an.

In Bremen zeigte er sich als großer Förderer des Kulturlebens – bis zu seinem Tod am 6. Mai 1796. Auf der Grabplatte im Bremer Dom wird er als »Bürgerfreund, Aufklärer, Völkerlehrer« gewürdigt. Zahlreiche Straßen tragen seinen Namen, so auch in Bremen-Oberneuland.

Der »Knigge«, der 1788 erschien, hätte dem späteren Bremer in der heutigen Ausrichtung wohl nicht gefallen. Er wollte sich für Taktgefühl und Höflichkeit der Menschen untereinander einsetzen, der Verlag erweiterte das Werk nach Knigges Tod jedoch um die heute berühmten Benimmregeln – und machte den Freiherrn damit unsterblich.

Das Bremer Hexen-Einmaleins

Seite 55

Am 1. Mai 1827 wurde Bremerhaven gegründet. Sogar Goethe hatte sich für das Projekt interessiert und es in seinem Werk »Faust. Der Tragödie zweiter Teil« erwähnt.

Maßgebend für die Realisierung war der Bremer Bürgermeister Johann Smidt, geboren am 5. November 1773 in Bremen und gestorben am 7. Mai 1857 ebenda. Sein Vater war Pastor der St. Stephanikirche und auch er hatte Theologie studiert.

Durch die Auslagerung des Hafens wurden aus EINS (dem Bremer Hafen) ZWEI. Durch das Zusammenwirken, die »Gleichmachung«, konnten die wirtschaftlichen Nachteile, die durch die Versandung der Weser entstanden waren, aufgefangen und der Reichtum der Stadt/der Städte erhalten werden. Smidt gilt als einer der bedeutendsten Staatsmänner Bremens. Bestattet wurde er zunächst auf dem Herdentorsfriedhof, 1891 wurde er auf den Riensberger Friedhof umgebettet.

Der Marathonmann

ab Seite 56

Bei dem Gesuchten handelt es sich um Wilfried »Willi« Lemke. Geboren wurde er am 19. August 1946 in Pönitz/Ostholstein. Sein Vorname Wilfried bedeutet auf Althochdeutsch »der Wunsch nach Frieden« und dem sah er sich als Nachkriegskind auch verpflichtet.

Bekannt geworden ist er vor allem durch seine Tätigkeit als Manager des Fußball-Bundesligisten Werder Bremen, aber auch als Senator für Bildung und Wissenschaft und Senator für Inneres und Sport der Freien Hansestadt Bremen. Ende 2007 wurde er von der Bundesregierung für das Amt des »UN-Sonderberaters für Sport im Dienste von Frieden und Entwicklung« vorgeschlagen. Dieser Tätigkeit ging er von 2008 bis 2016 nach.

Er lebt in Schwachhausen, ist verheiratet und hat vier Kinder.

Die Wetterfahne

ab Seite 59

Bei dem Gesuchten handelt es sich um den Bremer Patrioten und Kaufmann Consul Julius Georg Bernhard Rohland, über dessen Leben kaum noch etwas bekannt ist und an den fast nichts in der Hansestadt erinnert. Wer jedoch mit offenen Augen durch das Schnoorviertel geht, wird auf dem Dach des Hauses Schnoor 37 eine kupfervergoldete Wetterfahne entdecken, auf deren Windblatt von der Straße her gut erkennbar ein golden umrandetes »R« zu sehen ist: »R« wie »Rohland«.

Gekauft wurde sie von den restlichen 130 Mark des einstmals so umfangreichen Stiftungsvermögens. In der Innenstadt erinnert zusätzlich noch das Haus »Rohlandseck« am Liebfrauenkirchhof, Ecke Obernstraße an den edlen Spender. Auch in der Martinistraße finden sich Rokoko-Fassadenelemente, die vorher mit Unterstützung der Julius-Rohland-Stiftung in ein Gebäude an der Langenstraße eingebaut worden waren und davor das Haus zierten, in dem Friedrich Engels seine Ausbildungsjahre verbrachte.

Eduard Kruse

ab Seite 61

Die junge Frau, die sich als Mann verkleidete, um als Siebzehnjährige unter dem Namen Eduard Kruse als Soldat gegen das napoleonische Frankreich kämpfen zu dürfen, war Johanne (gen. Anna) Lühring, verh. Lucks. Sie wurde am 3. August 1796 in Bremen geboren und machte sich am 13. Februar 1814 auf den Weg in eine reine Männerwelt. Für ihren Vater ein weiterer Schicksalsschlag, ihre Mutter Margarethe Marie, geb. Alfken, erlebte ihr Abenteuer nicht mehr.

Die »Bremer Heldin« starb am 25. August 1866 in Hamburg-Horn. In einem Nachruf, der von einem Lützower Kameraden, Prof. Dürr, in der Augsburger Allgemeinen Zeitung erschien, heißt es: »Wahrlich, Anna Lühring ist in ihrer Jugend ein liebreizendes Mädchen gewesen; sie wußte sich aber bei aller Heiterkeit und Geselligkeit doch immer Achtung zu verschaffen.« Ihre letzte Ruhe hat sie auf dem Alten Hammer Friedhof in Hamburg-Hamm gefunden.

Der Tangojüngling mit der Höllenmaschine

ab Seite 64

Der Bremer, der am 29. November 1951 von einer Paketbombe zerfetzt wurde, war Dr. Adolf Wolfard, Chefredakteur der Bremer Nachrichten.

Geboren wurde er am 20. Dezember 1901 als Sohn eines Weinhändlers mit einem Agenturgeschäft in Bremen. Nach dem Abitur am Realgymnasium, dem jetzigen Hermann-Böse-Gymnasium, studierte er Jura. Anschließend war er jedoch nicht als Jurist tätig, sondern arbeitete bei den Bremer Nachrichten. Nur einen Monat vor dem Attentat, im Oktober 1951, war er zum Chefredakteur des Traditionsblattes ernannt worden.

Den Telepathen »Burlisto« traf Wolfard in den Räumen der Bremer Nachrichten, wohin »Burlisto« für einen Artikel anlässlich seines Auftritts im Oktober 1951 gekommen war.

Angeblich hatte ein Kollege von Wolfard kurz vor dem Öffnen auf eine Flasche Schnaps als Inhalt der Pappröhre gestippt. »Na, wollen mal sehen«, sollen die letzten Worte des Chefredakteurs gewesen sein.

Die Polizei lehnte die angebotene Mithilfe von »Burlisto« bei den Ermittlungen übrigens trotz der Vorhersage ab – und stellte den Täter, Erich von Halacz, auch ohne ihn nach zwölf Tagen.

Ein schauriges Herbstgeschenk

ab Seite 67

Der junge Mann, der sich während eines Besuchs in Bremen vom 26. August bis zum 6. September 1826 unglücklich verliebte, war der schwäbische Dichter Wilhelm Hauff, geboren am 29. November 1802. Binnen weniger Tage schrieb er anschließend die Erzählung »Phantasien im Bremer Ratskeller – ein Herbstgeschenk für Freunde des Weines«.

Im Februar 1827 heiratete Hauff seine Cousine Luise, am 10. November wurde ihr erstes Kind, Wilhelmine, geboren. Hauff überlebte das Familienglück jedoch nur um wenige Tage. Am 18. November 1827, knapp ein Jahr nach seinem Bremer Abenteuer, starb er mit nur 24 Jahren an Typhus.

Hauff war in seinem kurzen Leben erstaunlich produktiv. Bekannt sind vor allem seine Märchen (»Kalif Storch«, »Der kleine Muck«, »Zwerg Nase«), aber auch Erzählungen wie »Das Wirtshaus im Spessart« oder »Das kalte Herz«. Viele Straßen tragen seinen Namen, ihm ist ein Museum gewidmet, außerdem ist ihm zu Ehren eine Briefmarke herausgegeben worden. In Bremen ist lediglich ein Saal nach ihm benannt: der »Hauffsaal« im Ratskeller, der 1927 von Max Slevogt mit vier großformatigen Bildern in Freskomalerei verziert wurde. Ehrensache, dass ihm dort gedacht wird. Der Bremer Ratskeller – und seine Weine – waren durch Hauffs literarisches Geschenk immerhin weit über die Grenzen der Hansestadt hinaus in aller Munde.

Caligulas Rache

ab Seite 69

Der Bremer, der wegen Majestätsbeleidigung im Gefängnis saß und später in ein anderes Land, die Schweiz, fliehen musste, war Ludwig Quidde. Er wurde am 23. März 1858 in Bremen geboren und starb am 4. März 1941 in Genf.

Als überzeugter Pazifist war er langjähriger Vorsitzender der Deutschen Friedensgesellschaft. Wegen seines Einsatzes für den Weltfrieden erhielt er 1927 den Friedensnobelpreis. Umso schmerzlicher war es für ihn, dass er noch den Ausbruch des Zweiten Weltkriegs erlebte. In seinen Ansichten war er unbeugsam, als Mensch eher schwierig, was sogar seine Frau Margarethe Quidde (geb. Jacobson), mit der er Jahrzehnte verheiratet war, zu dem Aufschrei veranlasste, sie verwünsche jenen Tag im Sommer 1880, an dem ihr Bruder sie mit dem jungen Historiker zusammengeführt hatte.

Ein fantastisches Fundament

ab Seite 71

Der Weltstar, der hier gesucht ist, ist die spanische Opernsängerin Montserrat Caballé, die mit vollem Namen Maria de Montserrat Viviana Concepción Caballé i Folc heißt.

Geboren wurde die Sopranistin am 12. April 1933 in Barcelona als Tochter eine Arbeiterfamilie. Dank der Unterstützung ihrer Familie und eines Stipendiums begann sie 1942 eine Ausbildung am Conservatorio Superior de Musica in Barcelona. Nach Abschluss (mit Goldmedaille) gab sie ihr Debüt 1956 in Basel. 1959 kam sie mit 26 Jahren an das Theater am Goetheplatz und blieb dort bis 1962. Während ihrer Bremer Zeit lernte sie fließend Deutsch.

1965 schaffte sie schließlich ihren internationalen Durchbruch in der Opernwelt, als sie kurzfristig in einer Aufführung von »Lucrezia Borgia« in der Carnegie Hall im New Yorker Theaterdistrikt, dem Broadway, einsprang.

Einem breiten Publikum wurde sie durch den Song »Barcelona« bekannt, den sie 1987 mit Freddie Mercury aufgenommen hatte und der zu den Olympischen Spielen 1992 in Barcelona erneut veröffentlicht wurde – ein halbes Jahr nach dem Tod Freddy Mercurys.

Obwohl die Zeit in Bremen nicht einfach für sie war, hat sie in zahlreichen Interviews betont, dass erst hier das Fundament für ihre Weltkarriere gelegt worden sei.

Ins Auge gegangen

ab Seite 73

Der bescheidene und zurückhaltende Bremer, der mit zwölf Jahren beinahe ertrunken wäre, im ersten Ehejahr mit seiner Frau in einer Droschke verunglückte und durch einen Unfall an der Rathaustür zu Tode kam, war der Bremer Bürgermeister Theodor Spitta, geboren am 5. Januar 1873.

Er war der letzte auf Lebenszeit gewählte Senator Bremens und arbeitete maßgeblich an den Bremer Verfassungen der Jahre 1920 und 1947 sowie dem Grundgesetz mit.

Seinen Einsatz und seinen Charakter hob auch Karl Carstens, von 1979 bis 1984 Bundespräsident, 1983 hervor.

Theodor Spitta starb am 24. Januar 1968 an den Folgen eines Sturzes im Bremer Rathaus.

Der Beweis

ab Seite 75

Bei dem Gesuchten handelt es sich um einen tierisch guten Musiker: den Esel der Bremer Stadtmusikanten. Er hatte seine betagten und nicht mehr zu gebrauchenden Mitstreiter, einen Hund, eine Katze und einen Hahn, überredet, sich nicht in ihr Schicksal zu fügen, sondern trotz ihres hohen Alters einen Neuanfang als Musiker zu wagen. »Etwas Besseres als den Tod findest du überall«, sagte er, und dem konnte natürlich keiner widersprechen. Also machten sie sich auf den Weg, um in Bremen ein neues Leben zu beginnen. In einem Wald vertrieben sie Räuber aus einem Haus und richteten sich dort behaglich ein, weshalb mitunter scherzhaft von der »ersten gelungenen Hausbesetzung durch ein Rentnerkollektiv« die Rede ist.

Bekannt geworden sind die Bremer Stadtmusikanten durch das Volksmärchen der Brüder Grimm, das 1819 erstmals in den »Kinder- und Hausmärchen« veröffentlicht wurde und mittlerweile weltweit bekannt ist. Zahlreiche Skulpturen zeugen von der Beliebtheit des Märchens, das für Aufbruch und Hoffnung steht. Die berühmteste steht an der Westseite des Bremer Rathauses und wurde 1951 vom Bildhauer Gerhard Marcks geschaffen. Obwohl für viele enttäuschend klein geraten, wird sie ständig von Touristen umlagert. Und wer die Musikanten heute noch »singen« hören möchte, der kann einfach eine Münze in das »Bremer Loch« werfen, das sich nur wenige Meter entfernt auf dem Marktplatz neben der Bürgerschaft befindet.

Wie auch wir vergeben unseren Schuldigern

ab Seite 77

Zugegebenermaßen sind weder das Blutbad vom 20. November 1945 noch der hier Gesuchte Apothekerassistent Wilhelm Hamelmann aus Bremen heute noch allgemein bekannt, obwohl diese Tat damals die Bremer sehr bewegte. Besonders eindrucksvoll ist bei dieser Geschichte jedoch vor allem ihr »Nachspiel«:

Als einziger Überlebender der sogenannten »Blocklandmorde« hatte Wilhelm Hamelmann nicht nur seine Familie verloren, sondern das Grauen auch noch selbst miterlebt. Umso beeindruckender ist, dass er den Tätern vergab und sich nachdrücklich für ihre Resozialisierung einsetzte.

Hamelmann war der Schwiegersohn der Familie Flotmeier, die den Hof bewirtschaftete. Er war mit seiner Frau und seinen Kindern aus Bremen auf den Hof gekommen, da sie in Bremen ausgebombt worden waren. Seine Töchter waren in der Wilhadi-Gemeinde, die der Bekennenden Kirche nahestand, konfirmiert worden. Nach dem Krieg war Hamelmann Vorsitzender der Arbeiterhilfe von Walle, aus der später die Arbeiterwohlfahrt hervorging.

Der Hof Kapelle im Blockland, auf dem sich das Massaker abgespielt hatte, wurde 1997 abgerissen.

Prominente Wollsocken

ab Seite 80

Bei dem Gesuchten handelt es sich um den Bremer Bürgermeister Carl Wilhelm Kaisen. Geboren wurde er am 22. Mai 1887 in Hamburg.

Er war bereits vor dem Krieg Mitglied der Bremischen Bürgerschaft und Senator für das Wohlfahrtswesen, musste jedoch weichen, als die Nationalsozialisten an die Macht kamen. Er überlebte den Zweiten Weltkrieg als Kleinbauer in Borgfeld. Nach dem Krieg ernannten ihn die Amerikaner zum Präsidenten des Senats und damit zum Bürgermeister. In dieser Position war er maßgeblich für den Wiederaufbau der Stadt verantwortlich – und prägend für die Hansestadt, für deren Eigenständigkeit er sich erfolgreich einsetzte.

In Bremen (aber auch über die Landesgrenzen hinaus) erinnern zahlreiche Orte an ihn: Straßen und Schulen, die sogenannten »Kaisenhäuser«, aber allen voran natürlich auch die Große Weserbrücke tragen seinen Namen, ebenso eine Straße in Düsseldorf. 1987 ehrte die Deutsche Post Kaisen mit einer Briefmarke, die DGzRS hatte schon 1978 eines ihrer Boote nach ihm benannt – und das Beiboot nach seiner Ehefrau Helene. Die Taufe erlebte Wilhelm Kaisen noch mit, er starb am 19. Dezember 1979 in Bremen und wurde auf dem Riensberger Friedhof begraben.

In den Wallanlagen erinnert seit 2012 ein von Christa Baumgärtel gestaltetes Denkmal an den bodenständigen Mann, der Bremens Wiederaufbau führte.

Das braune Gold des Peitschenkäufers

ab Seite 82

Bei dem Gesuchten handelt es sich um Heinrich Alfes, besser bekannt unter seinem Spitznamen »Schieten-Alfes«. Er wurde 1821 in Emtinghausen geboren und starb 1907 in Bremen. Er gilt als Gründer der Straßenbahnen in Bremerhaven und Nürnberg, hat sich aber vor allem einen Namen als Abfuhrunternehmer gemacht. Er organisierte die Abholung und Verarbeitung der Bremer Schiete. Die Fässer wurden regelmäßig von seinen Angestellten, »Schieten-Kerls« genannt, abgeholt und zu seinem Hof in Arsterdamm gebracht.

Die Arbeit bei ihm war wohl durchaus gewöhnungsbedürftig, da die Fässer oft nicht völlig dicht waren und die Plörre für hygienisch bedenkliche Zustände sorgte. Doch der Aufwand lohnte sich, zuletzt erhielt Schieten-Alfes jährlich die stolze Summe von 340.000 Mark für seine Dienste. Zudem verarbeitete er die Schiete auf seinem Hof zu einer Art Pellets, den sogenannten »Poudrettes«, die er als Dünger an die Bauern der Umgebung verkaufte.

Noch heute vorhandener Schriftverkehr mit den Anwohnern zeugt davon, dass sich ihre Begeisterung über die damit verbundenen Gerüche in Grenzen hielt. Vielleicht auch ein Grund, dass schließlich doch der Bau einer Kanalisation in Bremen beschlossen und umgesetzt wurde. Doch da hatte Schieten-Alfes schon ein Vermögen mit seinem braunen Gold verdient – und konnte für seinen Pferdebahnen so viele Peitschen kaufen, wie er wollte.

Zum Schreiben gezwungen

ab Seite 84

Bei der Frau, die der Bremer Pastor Cornelius Rudolph Vietor zum Schreiben »zwang«, handelt es sich um die Schweizer Schriftstellerin Johanna Spyri, geboren am 12. Juni 1827 in Hirzel, im Kanton Zürich. Ihre Mutter war verwandt mit dem Bremer Johann Wichelhausen und über ihren Mann mit Pastor Cornelius Rudolph Vietor, der an der Unser Lieben Frauen Kirche wirkte, sowie dem Bremer Juristen Hans Heinrich Spöndlin befreundet. Pastor Vietor ermunterte Johanna Spyri, sich schriftstellerisch zu betätigen. Sie besuchte ihn wiederholt in Bremen und Vietor stattete ihr in Zürich öfter Besuch ab, wo sie unter anderem im sogenannten »Bremerhaus« lebte. Die Verbundenheit war so groß, dass er seine Töchter für ein Jahr in die Familie Spyri gab.

Auf Betreiben Vietors wurden einige Erzählungen Spyris von den Bremer Druckereien Hilgerloh und später von C. E. Müller gedruckt und veröffentlicht. Ihre erste Erzählung »Ein Blatt auf Vrony's Grab«, in dem es um einen trunksüchtigen Mann geht, der seine Frau misshandelt und die sich ins Gebet flüchtet, erschien 1871 in Bremen und wurde ein großer Erfolg.

Es folgten die ebenfalls in Bremen gedruckten und erschienenen Geschichten »Nach dem Vaterhause!«, »Aus früheren Tagen«, »Ihrer Keines vergessen« und »Verirrt und gefunden (Aus dem Leben)«. Die Erzählungen erschienen unter ihrem Pseudonym »J. S.«, waren jedoch weniger erfolgreich als ihr Debüt. Insgesamt schrieb sie 31 Bücher und 27 Erzählbände. Ihr größter Erfolg war das 1879 erschienene Jugendbuch »Heidis Lehr- und Wanderjahre«, das ihr einen wirtschaftlich abgesicherten Lebensabend ermöglichte.

Sie starb am 7. Juli 1901 in Zürich an Krebs.

Das Scharniereisen

ab Seite 86

Der Täter, der am 6. März 1901 das Attentat verübte, war der erst 19-jährige Bremer Dietrich Weiland, geboren am 22. April 1881. Die Verhöre ergaben, dass Weiland nichts zum Tathergang und seinen Motiven sagen konnte. Das Scharniereisen hatte ein Schlossergeselle Tage zuvor verloren. Zeugen hatten beobachtet, dass Weiland nach dem Wurf zu Boden fiel und zitternd liegen blieb. Gutachter stellten fest, dass Weiland Epileptiker war und wegen seiner Anfälle keine dauerhafte Arbeit fand. Er soll gänzlich unpolitisch gewesen und strafrechtlich niemals in Erscheinung getreten sein. Es sei anzunehmen, dass die Tat unkontrolliert im Rahmen eines Anfalls erfolgte, der durch den Lärm ausgelöst worden sei.

Bei der Festnahme hatte Weiland einen kläglichen Eindruck gemacht und war sichtlich verwirrt gewesen. Weitere Anfälle folgten. Nachdem er am 16. März 1901 versucht hatte, sich das Leben zu nehmen, landete er in der Nervenheilanstalt im Ellener Feld, wo er 38 Jahre bis zu seinem Tod am 18. April 1939 verblieb. Er wurde nur 57 Jahre alt.

Wilhelm II. zeigte sich ungehalten darüber, dass Weiland, wie die gleichfalls verwirrte Axtwerferin aus Breslau, nicht angemessen bestraft wurde. Obwohl die Verletzung nicht schwer war, verlautbarte er, das Eisen habe sein Gesicht »wie ein Schuss getroffen«, sodass sogar seinen Leibarzt aus St. Petersburg zurückbeordert wurde.

Abgehackt, doch unverwest

ab Seite 88

Bei der gesuchten Senatorin (ehrenhalber) handelt es sich um Gräfin Emma von Lesum. Geboren wurde sie zwischen 975 und 980, gestorben ist sie am 3. Dezember 1038 in Lesum. Ihr Anwesen soll sich am Steilufer der Lesum in St. Magnus befunden haben, genauer: dort, wo heute die Villa Lesmona steht. Ein größerer Kellerraum der Villa hat einen Fußboden aus großen Steinfliesen, die als mittelalterlich eingeschätzt werden.

Emmas Mann starb früh. Angeblich soll der Ehe eine Tochter entstammen, deren Name jedoch nirgends genannt wird. Sie soll sich so unehrenhaft verhalten haben, dass die Lesumer Besitztümer zurück ans Reich fielen. Was sie sich zuschulden kommen ließ, wird jedoch leider von keinem Chronisten erwähnt.

Besonders durch Wagenfelds »Bremer Volkssagen« ist Gräfin Emma populär geworden. Auf dem Emmaplatz zwischen H.-H.-Meier-Allee und Emmastraße in Schwachhausen reitet sie noch heute, wenn auch nur als Bronzefigur, neben ihrem geizigen Schwager Benno (Bernhard I.) von Sachsen durch Bremen. Geschaffen wurde das Denkmal vom Künstler Thomas Recker. Ein weiteres steht auf dem Lesumer Markt und stammt von der Künstlerin Christa Baumgärtel.

Das Gesäß

ab Seite 90

Der Gesuchte, der einige Zeit in Bremen gelebt und die ehrbaren Bürger dieser wunderbaren Stadt zum Narren gehalten hatte, ist kein Geringerer als Till Eulenspiegel.

Geboren wurde er angeblich im Jahr 1300 in Kneitlingen am Elm (wo auch immer das sein mag). Die Geschichten über ihn erschienen erstmals 1510 unter dem Titel »Ein kurtzweilig lesen von Dil Ulenspiegel, geboren vß dem land zu Brunßwick, wie er sein leben volbracht hat«. Der Autor ist unbekannt.

Eulenspiegel soll 1350 in Mölln gestorben und senkrecht begraben worden sein, weil der Sarg bei der Bestattung abgestürzt war. In unzähligen Orten finden sich Denkmäler, so etwa in Kneitlingen, in Mölln, Braunschweig, Stendal, Erfurt und Magdeburg, nur in Bremen nicht. Offenbar soll noch immer Gras über die unrühmliche Sache wachsen.

Matthäus' Arm

ab Seite 92

Bei dem Gesuchten handelt es sich um den Domprediger Heinrich (Heinz) Weidemann, geboren am 1. März 1895, der 1934 unter Bruch der Kirchenverfassung gegen erhebliche Widerstände zum Landesbischof der Bremischen Evangelischen Kirche ernannt wurde. Zuvor war er der NSDAP beigetreten und Gauleiter der »Deutschen Christen« geworden. Seine selbstherrliche Amtsführung führte zu erheblichen Konflikten, sogar mit dem Reichskirchenminister Kerrl. Als er gegen Hitlers Willen eine Bremer Kirche nach einem SA-Sturmführer »Horst-Wessel-Gedächtnis-Kirche« nennen wollte, wurde er vorübergehend aus der NSDAP ausgeschlossen. Schließlich brach er auch mit den »Deutschen Christen« und gründete eine eigene Bewegung, die »Kommende Kirche«.

Sein Versuch, wieder als Landesbischof akzeptiert zu werden, scheiterte, als er wegen Anstiftung zum Meineid in seinem Scheidungsprozess zu zweieinhalb Jahren Zuchthaus (in Bremen-Oslebshausen) verurteilt wurde.

Nachdem er 1947 entlassen worden war, tauchte er wegen der eingeleiteten Entnazifizierungsmaßnahmen unter. In Abwesenheit wurde er zu vier Jahren Arbeitsdienst verurteilt, später jedoch als Mitläufer begnadigt. Es heißt, er sei in einem kleinen thüringischen Ort SED-Bürgermeister gewesen und habe sich seinen Lebensunterhalt als Versicherungsvertreter verdient. Weidemann starb am 8. März 1976 in München.

Ein barocker Typ

Seite 95

Kaum einer konnte so schnell reden wie er: Der Bremer Bürgermeister Hans Koschnick, geboren am 2. April 1929 in Bremen und gestorben am 21. April 2016 ebenda. Als Schnelldenker verschluckte er beim Reden viele Silben, um seine Gedanken bändigen zu können. Es heißt, er habe sogar das »Bremische Personalvertretungsgesetz« in nur einer Silbe aussprechen können, doch das ist natürlich blanker Unsinn. Drei Silben hat er dafür schon gebraucht: »Brems-nal-vsetz«. Die Protokolldamen der Bürgerschaft sollen bei der Niederschrift oft in Panik geraten sein.

Obwohl Koschnick seine festen Überzeugungen hatte, ließ er zu politischen Gegnern keine Feindschaft aufkommen. Auf ihn war Verlass. Das Ringen um Kompromisse gehörte zu seinem Politikstil. Seine Frau Christine, mit der er seit 1954 verheiratet war, nannte ihn einen »barocken Typ, der eigentlich Katholik sein könnte«. Er entstammte einem kommunistischen Elternhaus, das entschieden gegen Religion und Kirche eingestellt war. Er wurde daher auch nicht getauft, holte dies jedoch im Alter von 35 Jahren aus Überzeugung nach, was jedoch kaum bekannt ist, da er eine Politisierung seines Glaubens vermeiden wollte. Seine reformierte evangelische Einstellung war ihm zeitlebens wichtig.

Hans Koschnicks Vater fiel im Zweiten Weltkrieg mit nicht einmal 42 Jahren in Finnland. Zuvor war er nach einer Demonstration in Hamburg-Altona wegen Vorbereitung zum Hochverrat und Landfriedensbruchs zu einer mehrjährigen Zuchthausstrafe mit anschließender Haft im Konzentrationslager Sachsenhausen verurteilt worden. Auch das war prägend für Hans Koschnicks politische Arbeit. Von 1967 bis 1985 war Koschnick Präsident des Bremer Senats und damit Bremer Bürgermeister, von 1987 bis 1994 Mitglied des Deutschen Bundestages. Anschließend war er zwei Jahre als EU-Administrator für Mostar in Bosnien-Herzegowina mit der Koordination des Wiederaufbaus, der Verwaltung und Infrastruktur der kriegszerstörten Stadt tätig. Dabei überlebte er zwei Anschläge auf sein Leben: 1994 wurde sein Hotelzimmer in Mostar durch Granaten kroatischer Nationalisten verwüstet, er selbst blieb jedoch unverletzt. Bei einem zweiten Anschlag 1996 versuchte eine aufgebrachte kroatische Menschenmenge ihn zu lynchen. Hans Koschnick saß damals in einem gepanzerten Dienstfahrzeug, das den Angriffen standhielt, sodass er trotz mehrerer Schüsse auf den Wagen entkam.

1996 erklärte er in Brüssel seinen Rücktritt, blieb aber auch danach aktiv und übernahm verschiedene Ämter. Für seinen Einsatz wurden ihm zahlreiche Ehrungen und Auszeichnungen zuteil, unter anderem erhielt er den Hessischen Friedenspreis, den Gustav-Adolf-Preis oder den Regensburger Brückenpreis. 2017 wurde der Bremer Flughafen nach ihm benannt.

Flambierter Stolz

Seite 96

Die Schönheit, die hier gesucht wird, ist die »Bremen« (IV), ein vom Norddeutschen Lloyd betriebener Schnelldampfer, der 1929 erstmals das Blaue Band als schnellstes Schiff auf der Transatlantik-Route Europa–New York gewann. Sowohl davor als auch danach gab und gibt es weitere Schiffe mit diesem klangvollen Namen, doch so eindrucksvoll wie sie war und ist keines.

Gebaut wurde sie bei der AG Weser, getauft wurde sie am 16. August 1928 von Reichspräsident Paul von Hindenburg. Alles auf dem 286,1 Meter langen und 31,1 Meter breiten Schiff war vom Feinsten. Namhafte Architekten kümmerten sich um die Innenausstattung, der Rauchsalon wurde von Rudolf Alexander Schröder entworfen.

Sie wurde nur 32 Jahre alt, am 16. März 1941 wurde sie durch ein Feuer zerstört, das der Schiffsjunge Gustav Schmidt gelegt hatte.

Vor ihrer endgültigen Verschrottung wurden sämtliche brauchbaren Teile ausgebaut. Das Typhon, also die Schiffssirene soll heute die Arbeits- bzw. Pausenzeiten auf einer Werft angeben, auf welcher, ist jedoch nicht genau herauszufinden. Einige Überreste, vor allem Spanten und Bodenplanken, sind bei starker Ebbe noch immer auf einer Sandbank an der Wesermündung bei Blexen zu sehen.

Mit Peitsche und schwarzen Stiefeln

ab Seite 97

Am 18. Dezember 1902 wurde der hier gesuchte Hans Biebow als Sohn des Versicherungsdirektors Julius Biebow in Bremen geboren. Als Leiter der deutschen Verwaltung des Ghettos Litzmannstadt in Lodz war er Teil des Nazi-Schreckens. Seine Verbrechen sind gut dokumentiert. Dem hingegen ist über das Schicksal der von ihm in Bremen betriebenen Streithorst & Co. Kaffee-Großrösterei kaum etwas bekannt. Allenfalls tauchen bisweilen noch Werbematerialien und verbeulte Kaffeedosen auf, die unter Sammlern heiß begehrt sind. Sein Haus hat den Krieg überdauert. Es befindet sich unter der Anschrift Luisental 26 und wird heute von der Evangelischen Kirchengemeinde Horn genutzt.

Nach dem Ende des Zweiten Weltkriegs tauchte Biebow in seiner alten Heimat unter, wurde dort jedoch von einem Überlebenden des Ghettos erkannt. Die Alliierten lieferten ihn nach Polen aus, wo er am 30. April 1947 zum Tode verurteilt und am 23. Juni 1947 hingerichtet wurde.

Drei kleine Klassenkämpfer

ab Seite 100

Bei dem Gesuchten handelt es sich um keinen Geringeren als den ersten und einzigen Staatspräsidenten der DDR: Friedrich Wilhelm Reinhold Pieck.

Geboren wurde er am 3. Januar 1876 in Guben an der Neiße. Nachdem er seine Tischlerlehre beendet hatte, kam er 1896 nach Bremen, wo er die Bremerin Christine Häfker heiratete und Vater dreier Kinder wurde. 1910 zog die Familie nach Berlin, wo Pieck weitere Funktionen innerhalb der SPD wahrnehmen sollte. Dort kam er auch in Kontakt mit Rosa Luxemburg und Karl Liebknecht. Er wurde mit ihnen am 15. Januar 1919 verhaftet, kam jedoch wenig später wieder frei, die beiden anderen Politiker wurden ermordet.

Später war Pieck Gründungsmitglied der Kommunistischen Partei Deutschlands (KPD) und, gemeinsam mit Otto Grotewohl, Vorsitzender der Sozialistischen Einheitspartei Deutschlands (SED). 1956 sagte Berthold Brecht über ihn: »Wenn Wilhelm Pieck nicht Präsident des fortgeschrittensten Teiles Deutschland wäre, müsste er es sogleich werden.« Die tatsächliche Macht in der DDR hatte jedoch Walter Ulbricht, der andere Tischler, der während des Moskauer Asyls mit dem Leben davon gekommen war.

Pieck lebte bis zu seinem Tod am 7. September 1960 als Staatspräsident der DDR im Berliner Schloss Schönhausen. Seine entscheidenden politischen Lehrjahre verbrachte er jedoch in Bremen.

Die Nichte des Attentäters

ab Seite 103

Bei dem Attentäter handelte es sich um Oskar Becker, der als Student versucht hatte, König Wilhelm von Preußen während eines Kuraufenthalts in Baden-Baden zu erschießen. Dessen Bruder war der Eisenbahningenieur Carl Woldemar Becker, der aus beruflichen Gründen 1888 nach Bremen zog. Dort lebte er mit seiner Familie.

Am 8. Februar 1876 wurde seine Tochter, die hier gesuchte Paula Modersohn-Becker, als Minna Hermine Paula Becker in Dresden geboren. Die Familie lebte nach dem Umzug nach Bremen in der Schwachhauser Heerstraße 23, dem heutigen »Haus Paula«.

Nach ihrer Ausbildung zog Paula in die Künstlerkolonie Worpswede und heiratete dort am 25. Mai 1901 den Maler Otto Modersohn. Sie entwickelte sich zu einer der bedeutendsten Vertreterinnen des frühen Expressionismus und schuf in nur 14 Jahren 750 Gemälde, etwa 1.000 Zeichnungen und 13 Radierungen, die heute hoch gehandelt werden. Zu Lebzeiten waren ihre Werke nahezu unverkäuflich.

Am 20. November 1907 starb sie, wenige Tage nach der Geburt ihrer Tochter Mathilde am 2. November 1907, mit nur 31 Jahren an einer Embolie. Ihre letzte Ruhe fand sie auf dem Kirchhof der Zionskirche in Worpswede – der Kirche, in der sie im August 1900 mit ihrer Freundin Clara Westhoff (später Rilke-Westhoff) die Kirchenglocken läutete – und damit »versehentlich« einen Feueralarm auslöste.

Der Engel von Bremen

ab Seite 106

Bei der Gesuchten handelt es sich um die Giftmörderin Gesche Margarethe Gottfried, geborene Timm, die am 6. März 1785 in Bremen zur Welt kam. Fünfzehn Menschen soll sie mit »Mäusebutter« (Arsen) umgebracht haben, bevor sie festgenommen werden konnte, unter ihnen ihre Kinder, Eltern und Ehemänner. Sie soll attraktiv gewesen sein und zahlreiche Männerbekanntschaften gehabt haben. Sogar von »Sexsucht« war die Rede.

1806 hatte sie den wohlhabenden Sattlermeister Johann Miltenberg geheiratet und war so den eher ärmlichen Verhältnissen ihres Elternhauses entflohen. Vier Jahre nach dem Tod ihres Manns heiratete sie Michael Christoph Gottfried, der bereits auf dem Sterbebett lag, was ihr ein kleines Erbe einbrachte, das sie jedoch schon bald verjubelt hatte. Wenig später verlobte sie sich erneut, ihr Auserwählter, Paul Thomas Zimmermann, verstarb jedoch vor der Heirat – bedachte sie aber in seinem Testament. Die zahlreichen Todesfälle in ihrer Familie und ihrem näheren Umkreis brachten ihr zunächst viel Mitleid und Ansehen, da sie sich hingebungsvoll um die Sterbenden kümmerte.

Die genauen Hintergründe für ihre Taten sind bis heute unklar, einige ihrer Opfer waren Schuldner, aber auch vor ihren Kindern machte sie nicht halt und verteilte zudem zahlreiche nicht tödliche Dosen des Arsens, das sie angeblich für die Herstellung von »Mäusebutter« (zur Schädlingsbekämpfung) gekauft hatte. Ihrem Treiben wurde ein Ende gesetzt, als ihr Vermieter und Arbeitgeber Johann Christoph Rumpff misstrauisch wurde. Die Rumpffs hatten das Haus in der Pelzerstraße von ihr gekauft und sie 1824 gegen Kost und Logis als Haushaltshilfe dort aufgenommen. Kurz danach verstarb Wilhelmine Rumpff. Als der Hausherr in seinem Schinken eigenartige weiße Körner entdeckte, ließ er diese von seinem Arzt untersuchen – woraufhin Gesche Gottfried am 6. März 1828 verhaftet wurde.

Fast drei Jahre saß sie im ehemaligen Detentionshaus der Ostertorwache, dessen vorderer Teil als Wilhelm-Wagenfeld-Haus bekannt ist. Am 21. April 1831 wurde sie vor etwa 35.000 Zuschauern auf dem Domshof geköpft. An diese letzte Hinrichtung in Bremen erinnert noch heute ein in das Pflaster eingelassener Stein, auf den traditionsbewusste Bremer spucken, um ihrer Abscheu Ausdruck zu verleihen. Gesche Gottfrieds Kopf war in einem mit Spiritus gefüllten Glasgefäß im (früheren) Museum am Domshof »zum Wohle der Taubstummenanstalt« zu sehen, bis er mehr als hundert Jahre später im Zweiten Weltkrieg verbrannte.

Es gibt diverse Verfilmungen und Theaterstücke, die sich mit einer der bekanntesten »Persönlichkeiten« Bremens beschäftigt haben, unter anderem von Rainer Werner Fassbinder und Karl Fruchtmann. Auch Comics, Hörspiele, lyrische Musikstücke und eine Oper belegen, dass der Reiz des Schaurigen ungebrochen ist.

Die fette Gans

ab Seite 108

Bei dem gesuchten Schiedsrichter handelt es sich um den Mineralölkaufmann Wolf-Dieter Ahlenfelder, der am 11. Februar 1944 in Oberhausen geboren wurde.

Trotz des feuchtfröhlichen Skandalspiels im Bremer Weserstadion durfte er 106 weitere Bundesligapartien als Schiedsrichter pfeifen. Wegen seiner originellen Sprüche und seiner menschlichen, fast kumpelhaften Art war er bei den Spielern sehr beliebt und kam während seiner gesamten Zeit als Referee mit nur vier roten Karten aus. 1985 bekam er wegen seiner Leistungen als bester deutscher Schiedsrichter die »Goldene Pfeife«. Er starb am 2. August 2014 nach schwerer Zuckerkrankheit.

Noch heute erhält jeder, der in einer Bremer Kneipe am Weserstadion einen »Ahlenfelder« bestellt, ein »Herrengedeck«, bestehend aus einem Bier und einem Malteser, serviert.

Die Deutsche Nationalbibliothek verzeichnet diese Publikation in der Deutschen Nationalbibliografie; detaillierte bibliografische Daten sind im Internet über http://dnb.dnb.de abrufbar.

Impressum

www.schuenemann-verlag.de

Autor: Peter Meyer-Odewald
Lektorat: Caroline Simonis
Satz und Buchgestaltung: Karin Hannemann

Printed in EU 2018 | ISBN 978-3-7961-1025-2